かわうそエンジニアの落とし噺

福田益美

文藝春秋
企画出版部

かわうそエンジニアの落とし噺

前口上

さあ〜さあ〜お立ち会い！

御用と急ぎでない方は、ゆっくりお聞きあれ。鐘一つ売れぬ日もなし都かな。遠目山越えは笠の内。聞かざる時は、物の出方・善悪・白黒がトーンと分からない。山寺の鐘がグォーングォーンと鳴ると雖《いえど》も、童子一人来たって鐘に撞木《しゅもく》をあてざれば、鐘が鳴るのか撞木が鳴るのか、トントその音色が分からぬのが道理じゃ。

さて手前ここに取りいだしたるこれなる棗《なつめ》。この中には一寸八分のチャットGPTが仕掛けてある。世界にソフト細工師あまたありと雖も、メリケン生まれのオープンAIほどの名人上手はござりませぬ。お好み言葉やヒントを投ずれば、音曲、講談、連歌、日乗なんのその、あっと言う間にこさえてみせまする。

手前大道にて未熟な渡世はしておるが、憚《はばか》りながら天下の素浪人、泥のついた投げ銭・放り銭なんかを拾うような真似はいたしませぬ。しからば何をもっておまんまを食べているのかと心配なされる方もござろうが、これなる看板に示すが如く、多摩丘陵妙薬は、陣中膏《じんちゅうこう》「かわうそ」の油。これを売り、生業《なりわい》といたしております。

一口に「かわうそ」と雖も、ちと違う。はるか昔に絶滅したはずのニホンカワウソじゃ。手前、多摩丘陵を訪れること数十回、ついに真光寺《しんこうじ》川源流で捕まえた。しからば、この「かわうそ」から油を採るにはどうするか。

四面に鏡を張り、下に金網・鉄板を敷いた箱に「かわうそ」を追い込み、日乗を綴らせ、チャットGPTと競わせる。「かわうそ」は、己が苦吟する醜い姿が四面に映るからたまらない。我こそ今《いま》業平《なりひら》と思いきや、鏡に映る異形に、御体からタラーリタラーリと油汗を流し始める。片やチャットGPTは平気の平左、その麗筆玄妙に「かわうそ」は言葉を失い、またもやタラーリタラーリと油汗を垂らす。それを下の鉄板に集め、柳の小枝をもって三七、二十一日の間トローリトローリと炊き煮詰めたのが、この「かわうそ」膏だ。ちとつければ切り傷、腫物はすぐ治る。頭痛、肩こり、神経痛、何でもござれ。武漢ウイルスまで退治する。本来は一貝が二百文、二百文ではありますが、今日ははるばる出張《でば》ってのお披露目。男度胸に女は愛嬌、坊さんお経で、山じゃ鶯ホウホケキョウ、清水の舞台から飛び降りたつもりで、その半値の百文、二百文が百文だよ。さあ、安いと思ったら買ってきな。

学校の先生もうかうか出来なくなった。作家・作曲家たちも騒ぎ始めた。アメリカにチャットGPT（Chat Generative Pre-trained Transformer：生成可能な事前学習済み変換器）なるものが出現したらしい。AI（Artificial Intelligence）を利用して、音楽、小説、脚本、詩、歌唱、作文などの創作活動ができる。特定のテストに対し、人間と同水準かそれ以上の回答もするそうだ。もし誰かが、チャットGPTを使って偽《にせ》の情報を流せば、何万人に、オレオレ詐欺以上の被害が出るかも知れぬ。本物を装うキャンペーン、或いはプロパガンダが溢れれば、政府を倒すことも可能だろう。いまや誰もが真贋鑑定人にならざるを得ない。ここは人間の踏ん張りどころ、「チャットGPTなんかに負けてたまるか」という呟きも聞こえる。

以下はかわうそエンジニアが綴った負け惜しみの雑文である。

かわうそエンジニアの落とし噺　目次

くちなしの花

「雑俳《ざっぱい》」は、最近あまり高座に掛からない落語である。ご隠居と八五郎が俳句について問答する。ご隠居が、

「初雪や瓦の鬼も薄化粧」と例をあげれば、八っつあんは、

「初雪やこれが塩なら金もうけ」と応じる。

ご隠居が、〝春雨や〟と出題すると、八っつあんは、

「船端をガリガリかじる春の鮫」とからかう。〝くちなしや〟には、

「鼻から下はすぐに顎」と混ぜっ返す。

小学生の頃、五代目春風亭柳昇（1920-2003）の「雑俳」を聞き、あまりにも面白いので「古池や蛙飛び込む水の音」や「柿食えば鐘が鳴るなり法隆寺」より先に〝くちなしや〟を覚えてしまった。

武漢ウイルスにやられたわけではないが、近頃、鼻があまり利かなくなった。老化で匂い受容体の数が減ったのか、嗅神経の働きが鈍ったのであろう。子供のころ岐阜の田舎では、沈丁《じんちょう》花《げ》や金木犀《きんもくせい》などの香りで季節の移ろいを知った。梅雨に入ると、裏庭からえも言われぬ甘い香りが漂ってくる。たどれば、小さな雨粒でイルミネーションのように飾られたクモの巣のむこうに、白い花が待っていた。祖母に尋ねると「これがくちなしの花だ」と教えてくれた。やがて花弁が落ちて緑色の実を結び、秋には茜色に染まる。祖母はそれを採り、陰干しして大事にしまった。年末には、正月料理の栗やサツマイモ金団《きんとん》の色付けに使った。

鶴川の自宅に小さな庭を持ったので、くちなしの苗木を植えてみた。陽当たりが悪いのか肥料が足りないのか、茎や葉は伸びても肝心の花が咲かない。いつの間にか葉っぱが無くなっていた。見ると茎に大型のイモムシみたいな幼虫がしがみついている。芽だけを残して葉っぱを食べてしまったらしい。オオスカシバ（スズメ蛾）の幼虫の仕業とみた。以降くちなしを育てるのは諦めた。しばらくすると、筋向かいの家が、垣根代わりにくちなしを植えた。陽当たりがよいうえ、手入れが行き届いている。梅雨どきになると、りっぱな花がたくさん咲き、向こう三軒両隣に芳醇な香りをご馳走してくれる。

若い時から洋画には目が無かった。１９５５年に封切られたデビッド・リーン監督、キャサ

リン・ヘップバーン主演の「旅情」は、リバイバル版を見たが、くちなしの花が重要な役割を演じる。

アメリカの地方都市で秘書をしているキャサリン扮するジェーン・ハドソンは、恋愛下手でまだ独身。失った時間を取り戻すため、ヨーロッパ旅行を思いつき、旅の終わりに一人でベニスを訪れる。16ミリカメラを回して市内の名所を巡るが、話しかけてくるのは浮浪児のマウロだけだった。彼女がサンマルコ広場のカフェで休んでいると、背中に熱い視線を感じた。振り向くとハンサムな中年の男が見つめているので、慌てて立ち去った。翌日、マウロの案内で市内観光の途中、とある骨董店の窓際に飾られたベネチャングラス製の赤いゴブレットを目にとめる。店内に入ると、2階から主人が出てきた。前の日にカフェで彼女を見つめていたロッサノ・ブラッツィ扮するレナードだった。ジェーンは飾ってあるゴブレットを売値通りの1万リラで買おうとするが、レナードは「イタリアでは値切るのが当たり前だ」と7800リラに下げる。これでも彼女は、6倍の値段を吹っ掛けられていたのだが。

次の日、彼女はまた骨董店を訪ねるが、レナードは留守だった。ジェーンは記念にこの店を16ミリカメラに収めようとして後退《あとじさ》りしすぎ、運河に落ちてしまう。惨《みじ》めな格好でホテルに帰ったジェーンを、レナードが訪ねてくる。彼は、その夜開かれる野外音楽会へ誘う。音楽会も終わり、2人がカフェで休んでいるとき、花売りの老婆がやってきた。ジェーンは籠《かご》からくちなしの花を選ぶ。そして、

「くちなしは自分にはずっと夢の花だった。学生時代にはじめて正式の舞踏会に誘われたとき、この花を付けたかった。しかし1本2ドルもしたし、相手の男の子は学生だった」と当時を振り返る。

初めての幸福感に浸ったジェーンは、運河にかかる橋の上から、通り過ぎるゴンドラに向かって、「ボナ・ノッテ」と叫ぶ。嬉しさのあまり両手を上げ、せっかくの花を運河へ落としてしまう。レナードは懸命に拾おうとするが、くちなしは空しく流れてゆく。

2人はブラーノ島の漁村で幸せな数日間を過ごす。しかしベニスに戻ったジェーンの心は乱れた。別居中とはいえ妻子のいるレナードから自分が身を引くより外はないと、アメリカに帰る決心をする。

彼女の乗った列車が動き出したとき、全速力で駅のホームを走ってくるレナードの手にはくちなしの花が握られていた。列車の窓から身を乗り出し手を振るジェーン。花は届かぬまま、列車はサンタルチア駅を離れた。

私生活でもキャサリン・ヘップバーンは不倫の恋を貫いたらしい。1941年、彼女は男優のスペンサー・トレイシーと運命的な出会いをする。以降2人は、26年間に9本の映画で共演し、私生活での付き合いも続いた。カトリック教徒だったトレイシーは、妻を大切にし、子供を愛する良き夫、父親を演じようとした。キャサリンはそんなトレイシーを尊重し、一度も彼を独占しようとか、同じ家に住もうとかしなかった。

1967年にトレイシーが心臓発作で倒れた時、彼の死を看取ったのは、キャサリンである。しかしその場に10分も居なかった。数分後、トレイシー夫人と子供たちが到着する。キャサリンはミサにも墓地での埋葬にも出席しなかった。彼女が弔問したのは、すべての儀式が終わった2日後だと伝えられている。

キャサリンは「旅情」で運河に落ちるシーンを撮影する際、細菌が目に入って感染症にかかり、危うく失明しそうになった。2003年アメリカのコネチカット州の自宅で96歳という長寿で亡くなるまで、目の病気が完治することはなかった。感染症の細菌にまで義理堅いキャサリン・ヘップバーンらしいエピソードである。

私も仕事の合間に2~3回、ベニスを訪れたが、運河の水はお世辞にも綺麗とは言えなかった。甘美なくちなしにあまりそぐわない話だが、1955年当時、すでにベネチア運河の水はかなり汚れていたのである。

2021・6・10 記

スマホのルーツ

無学者は論に負けずなんてことを申します。ろくに知りもしないことを知ったかぶりをする人がよくございます。

「ねえご隠居、よく晦日《つごもり》なんてことをいいますが、ありゃあ何のことです」

「熊さん、つごもりぐらい知らないと、人に笑われるぜ」

「そうですか、笑われますか。じゃあ、どんなわけなんです？」

「つまりだな。つごもりというのは、……その……つごがもるからつごもりじゃないか」

「へー、つごなんてものはもるもんですかねえ」

「あー、もるとも」

こんな問答をする人たちに悪人はございません。一方、霊感商法を生業《なりわい》とする宗教団体からの票で当選できた国会議員は「そんな団体だとは知らなかった」と白《しら》を切ります。永田町の予算委員会の証人喚問で、際どい質問になるや「記憶にございません」と逃げを打つ人もいます。

知っているくせに、知らないふりをする人は、要注意ですな。

　それに比べれば、知ったかぶりのご隠居と熊さんのやり取りは、人畜無害で何の心配もございません。


「ご隠居、最近の若者は、手鏡みたいな物を覗いて盛んに指を動かしているが、あれは一体何ですか？」

「あれはスマホというものだ」

「スマホ……そりゃまた何物ですか？」

「熊さん、よくぞ聞いてくれた。聞くは一時《いっとき》の恥、聞かぬは松茸の恥というからな」

「松茸？　末代の恥じゃございませんか」

「そうともいうな。スマホとはスマートホンを短くしたものだ」

「そうですか。じゃあ、スマートホンとは、どんなわけなんです？」

「つまりだな。スマートなホーンなのだ。見た目の様子が良い、賢い、何にでも化けるというか……その……つまり猿にも使える電話機のことだ」

「本当ですか？」

「まあ、この写真をご覧《ろう》じろ」

「どれどれ……〝アイフォーンを眺める入浴中のサルですか〟……ご隠居、これはきっと〝や

アイフォーンを眺める入浴中のサル

らせ〟ですよ」

「〝やらせ〟じゃない。オランダの写真家が、日本の旅行中に偶然、撮ったものだ。時は2014年6月、場所は、長野県の地獄谷野猿公苑だ。一人の観光客が温泉を楽しんでいる猿を撮影しようとした。ところが、近づき過ぎて、アイフォーンを取られてしまった。猿は湯に浸り、画面をスワイプしながら、満足そうに眺めている。これは、ロンドン自然史博物館とBBC（英国放送協会）共催になる野生動物写真コンテストで入賞した写真だ。アイフォーンとは、米国アップル社のスティーブ・ジョブズが開発したスマホのことだ。

地獄谷の猿に遅れること7年、ワシもようやくスマホを手に入れた。2年前に、ドコモから使用中の携帯電話が使えなくなるという知らせが届いたので、止むを得ずスマホに乗り変えた。電話ばかりか、ビデオカメラにもなる、テレビとしても使える。パソコン代わりにインターネットにも接続できるし、クレジットカード機能も持っている。道案内までしてくれる。スマホにはありとあらゆる機能が詰め込まれている。まるで魔法の小箱みたいだが、操作を誤るとオンライン・カジノへ誘い込まれ銀行口座が空になる。テレビを見ようとすればNHKが文句をつける。ともかく面倒なので、ワシは電話以外に使ったことがない」

「猿にも使えるほど、簡単じゃございませんか」

「いやそれがなかなか……。どうだい熊さん、ワシと一緒にスマホのルーツ、ルーツとはな、出自というか先祖筋みたいなものだけど、訪ねてみるかい」

「小難しい話なら御免被《ごめんこうむ》りたい。ご隠居のことだから、あちこち話が飛びますな。でもスマホとやらの出自が分かるのなら、付き合いますぜ」

一　あけぼの

「いまから50年以上も前のことだ。大阪で万国博覧会が開かれた。電気通信館でNTTがワイヤレステレホンを一般公開した。会場を訪れた人々が重さ700グラムという『未来の電話機』から、自宅や友人と通話してみて、その便利さに驚いた。当時すでに自動車のトランク一杯に無線装置を詰め込んだ、移動式電話が開発されていたが、人々は固定式の黒電話しか知らなかったからだ。黒電話がワイヤレステレホンに変わるだけでも大事件だった。いわんや、ワイヤレステレホンに、電話はもちろんだが、カメラやラジオ・テレビ、コンピュータ、インターネット技術などが、いつ、どのように組み込まれてスマホに化けたか、その顛末を語れば、ゆうに3日はかかる。だから今日は、もっと大昔、電気が無かった頃の話をしよう。熊さん、人間が通信を始めたのは、いつごろだと思う」

「猿でも、敵が襲ってきたり、食べ物を見つけたりすると、キャキャとかホーホーとか叫んで身内に知らせていますな。チンパンジーから分かれた人間は、当然それをなぞったはず。途方もなく昔、何百万年前からになりますぜ」

「人間も、猿みたいに声を上げたり木を叩いたりして音で知らせたのだろう。知らせることが通信、その中身が情報だ。情報はまた色々なかたちで残された。古代文明は紀元前（BC）5000〜BC4000年ごろ、現在のイラク南部のユーフラテス・ティグリス両川に挟まれたメソポタミア地方で発祥したそうだ。そこに住むシュメール人は灌漑農業を始め、楔形文字も発明した(注1)。彼らはそれを使って粘土板に記録を残した。17世紀に入るとヨーロッパ各国の考古学者たちがメソポタミアの遺跡を発掘した。大英博物館には、楔形文字が記された膨大な数の粘土板が集められ、その中から、とんでもない物が見つかった。

原文は長いから、要約すると《ユーフラテスの川岸にあるシュルッパクの町が、神々の怒りを買い大洪水に襲われた。あらかじめ神からそれを知らされていたウバラ・トゥトゥの一族が大きな葦船をつくり、野の生き物全てと共に乗り、6日6晩続く洪水から救われた。船はニシル山にとどまり、鳩と燕を解き放ったが、休み場所がないので戻ってきた。しばらくして大鳥を解き放ったところ、戻ってこないので、水が引いたことを知った。洪水後、全ての人間は粘土に帰していた》という内容だ(注2)」

「ご隠居、その話は旧約聖書の『ノアの方舟』にそっくりですな。そのシュメール人とやらは、旧約を知っていたので？」

「あべこべだろう。旧約聖書が出来たのはユダヤ民族のバビロン捕囚期（BC540年ごろ）だと聞いている。当時のバビロンには、シュメール人から伝わった大洪水の説話があり、これを知ったユダヤ人たちは度肝を抜かれた。粘土板に刻まれていた葦船が、旧約聖書では方舟に、ウバラ・トゥトゥの一族がノアの一族に、ニシル山がアララト山になっているが、自分たちの歴史として取り込んだに違いない。水が引き始めたかどうかを確かめるため、鳩や燕、大烏を放つ話は、ほとんど同じだ」

「旧約によれば、ノアが鳩を放つと、オリーブの葉を咥《くわ》えて戻ってきたので、陸地が近いことを知ったらしい。鳩をまるでレーダー代わりに使ってますな。日本の古事記にも、カムヤマトイワレビコ（即位後は神武天皇）は八咫烏《やたがらす》の先導でヤマトの畝傍《うねび》を目指した話がある。八咫烏は、まるでナビゲーションの元祖じゃございませんか。しかしこれらは所詮、神話ですな」

「うーん。ではこんなのはどうだ。BC800年ごろにホメロスというギリシャの吟遊詩人がよんだ叙事詩『イーリアス』や『オデュッセイア』がある。なかにトロイ戦争（BC1200年ごろ）が出てくる。ギリシャ軍が『トロイの木馬』を使ってトロイを陥落させる話は有名だ。敵を欺くサイバー戦のはしりともいえるな」

「手の込んだ作戦ですな。そう言えば『トロイの木馬』は、パソコンに侵入してパスワードなどを盗む不埒《ふらち》なウィルスの名前に使われていますな。ホメロスの詩には、ゼウス、アフロディーテ、アキレスなどの神様が、わんさと出てくるらしい。だったら、これも神話のたぐいじゃございませんか」

「ではヘロドトスが書いた『歴史』（注3）という本なら文句はあるまい。ギリシャ時代の通信・情報に関する逸話が出てくる。最近ワシはカザフスタン映画の『女王トミュリス　史上最強の戦士』を見たが、当時の通信事情も分かり、面白かった。ペルシャとマッサゲタイ族間の情報のやり取りは、砂漠や大草原を行き来する商人に『伝言』として託されている。この映画の脚本は、ヘロドトス『歴史』第1巻の〈キュロスの親征とその死〉をベースに書かれたそうだ。

『歴史』第6巻の後半に、無敵と言われたペルシャ軍をアテナイが破った〝マラトンの戦い〟が出てくる。事前にペルシャ軍の攻撃を知ったアテナイ側は、スパルタに伝令を送り援軍を頼んだ。直線距離でも160キロあるが、山あり谷ありの道を辿ると優に200キロは超える。ピリッピデスという飛脚がこのアテナイ・スパルタ間を休まずに走ったとある」

「ご隠居ちょっと待って下さい。そんな長距離なら、人間が走るより馬に乗った方が早いし、楽なのじゃございませんか?」

「草原や平坦な道なら、その通りだ。しかし起伏の大きいギリシャの山道を馬が走れば、すぐに息が上がってしまう。そんなところでは、馬より人間の方が長持ちすることを知っていたから、アテナイは飛脚通信にしたのだ。これに対し、スパルタ側は援軍を送ることに合意したものの『兵を動かすには、月齢が満ちるまで待たねばならぬ』と、すぐには応じなかった。スパルタ軍が満潮の日を待っている間に、マラトンの平原でアテナイ・ペルシャ両軍が衝突した。激戦の末アテナイが勝った。この戦いを境に、ペルシャとギリシャの立場が逆転する重要な出来事だったのだ。

ところが、ヘロドトスの『歴史』には、アテナイ側の伝令がこの朗報を元老院へ知らせた記述がない。念のために塩野七生の『ギリシア人の物語』(注4)を読んでみたが、やはりこの話は出てこない」

「なんだ、伝令がマラトン・アテナイ間の40キロを走り、元老院へ『喜べ、わが軍勝てり』と伝えて絶命したというのは、作り話だったのですか?」

「そうかも知れないな。伝令が命懸けでマラトン・アテナイ間を疾走したという〝伝説〟は、いつの間にか英国の詩に詠まれるようになった。オリンピック大会の近代化を考えていたクーベルタン男爵がこれを知り、オリンピック競技に『マラソン』を入れたというのがもっぱらの噂だ。それはともかく、ギリシャ時代には重要な情報を伝えるため、馬だけでなく場合によっては人間が走ったことは分かったかな」

「よく分かりました。ところでご隠居、ヘロドトスは『歴史』を何に書いたのですか? 紙ですか? それとも羊皮紙ですか?」

「うーん、よく分からない。しかし彼の文脈《イオニアではむかし紙《パピルス》の入手が難しく、山羊や羊の皮を代わりに使っていた。今でもこのような獣皮に書写している異民族は少なくない》(注5)から察すると、パピルスじゃないかな。ギリシャ連合軍がペルシャの侵略を防いでから50年後、今度はギリシャ人同士が闘うことになる。植民地をめぐってアテナイとスパルタが争うペロポネソス戦争(BC431年~BC404年)が起きた。これを詳しく描写したのが、トゥキディデスの『戦史』(注6)だ。スパルタに敗れたアテナイは覇権国家の地位から滑り落ち、ギリシャ自体も弱体化する。そしてマケドニアにアレクサンドロス（アレキサンダー大王）が現れる。少年期にアリストテレスに師事、抜群の洞察力を持つ彼は、あっという間にギリシャ、エジプト、メソポタミア、ペルシャ、インダス川以西のインドという当時のいわば全世界を征服してしまう。BC323年、英雄アレクサンドロスは突如病没する。AD2世紀にギリシャ人の政治家・歴史学者アッリアノスは、稀代の英雄の伝記『アレクサンドロス東征記』（注7）を残した」

「どれもこれも肩が凝りそうですな。裃《かみしも》を脱いで読める本はございませんか」

「古代のギリシャ世界を、日本人によく分かるように解説してくれたのが、塩野七生だ。彼女の『ギリシア人の物語』を通読すれば、ヘロドトスの『歴史』、トゥキディデスの『戦史』、それにアッリアノスの『アレクサンドロス東征記』を読む手間が省ける。

東洋に目を移すと、中国の殷の時代（BC1600年頃）に甲骨文字が生まれている。甲骨文字・金文・篆書・隷書と変化を遂げた漢字は、歴史を刻むことになる。ヘロドトスの『歴史』に遅れること約350年、司馬遷が本格的な歴史書『史記』を著した。彼は国家の年代記である『本紀』や個人の伝記である『列伝』の中で、上は帝王から、下は市井の侠客・奴隷にいたるまで、ありとあらゆる階層の人物を取り上げた。当時の中国には、まだ紙が無かったので、縦30センチ、横5ミリほどの竹簡・木簡の表面に墨で文字を書き、綴り合せた本だ（注8）。

彼は『史記』の最後を太史公自序という自伝で締めくくった。『……賤《いや》しい太史公の職をかたじけなくする司馬遷、謹んで少卿兄にお手紙をさし上げます……』で始まる任安の書簡には、

ヘロドトス

彼が敗将李陵《りりょう》を弁護したため武帝の逆鱗にふれ、宮刑に処せられた経緯が書かれている。李陵は部下に馬を走らせ、長安（現在の西安）と連絡を取ったらしい。蒙古の奥地から長安まで、何頭もの馬を乗り継いだのだろう。当時の中国には、すでに郵便制度があった。手紙にも竹簡・木簡を使っていたのだ」

「へー、手紙も随分とかさばりますな。ご隠居、中国では昔から狼煙《のろし》を使っていたのじゃございませんか？　狼煙を使えば、馬より早く知らせることが出来ますぜ」

「うーん確かに早いな。予め内容を決めておけば、狼煙も通信に使える。煙が上がればオン、上がらなきゃオフ。デジタル通信のはしりにもなるな。狼煙は、ファイバーを使わぬ光通信の元祖ともいえる。

そういえば『史記』の周本紀には、西周の幽王が決して笑わない愛妃褒姒《ほうじ》を笑わせるため、狼煙（烽火）を上げ太鼓を打ち鳴らす話が出てくる。何かの手違いで狼煙が上がり、敵襲かと駆け付けた諸将が、ポカンとする様を見て褒姒がはじめて晴れやかに笑った。それを見て喜んだ幽王は、たびたび無意味に烽火を上げさせた。やがて諸将は烽火の合図を信じなくなる。人民は幽王の悪政に苦しみ、西周が滅びる。……」

「狼煙ね……さすがに最近は、もう使いませんな」

「いや、今でも使われている。バチカンでは、法王が亡くなると、コンクラーベ（新法王の選挙）が行われる。13世紀には7名しかいなかった枢機卿も、今は100名を超えた。その枢機卿の3分の2以上の賛成が得られるまで選挙は何度でも繰り返される。信者はサンピエトロ大聖堂の前で、今か今かと待っている。選挙結果を一刻も早く知らせるため、いまだに煙が使われる。決まらない時は、黒い煙だ。白い煙が上がれば、新法王の誕生だな」

「半分以上の賛成で十分じゃございませんか。3分の2以上とは、随分高いハードルを設けたものですな。日本国憲法の改正もこのハードルのために難渋している。改憲派と護憲派が議論ばかりしている間に、どこかの国が攻め込んでくるかも知れませんぜ。ところで、バチカンのコンクラーベとは、なかなか決まらないから、〝根競《こんくら》べ〟としたのですか?」

「いや熊さん、コンクラーベとはラテン語のconclave『鍵が掛かった』という意味で、法王の選出に他国が口を挟まぬよう考え抜かれた制度だ。システィナ礼拝堂に枢機卿を閉じ込め、鍵をかける。新法王が決まるまで何日もかかるので、美食に慣れた枢機卿の音を上げさせるため、わざと酢のようなワインと、不味い食事を出すそうだ」

「へー、まさに法王庁と枢機卿との〝根競べ〟ですな」

「ところで熊さん、デジタル通信といえば、BC150年頃のギリシャでは、すでに文字伝送が行われていたのはご存じか。まず送受信の双方で、縦5個、横5個の枡目に、ギリシャ文字を書いた符号表を用意する。目に見える距離でしか使えないが、5本ずつの松明を掲げる台を左右に置き、灯る松明の数で文字を送り、読み取った。例えば、右4本、左に1本ならデルタδ、右5本、左3本ならオミクロンοというように」

「驚いたねー。ギリシャ人は、そんなに大昔から武漢ウィルスの名前を、知っていたのですか？」

「そうじゃない。順番が逆だ。WHOが、次々と変異する武漢ウィルスに往生してギリシャ文字を割り振るようなったのは、つい最近のことだ。ギリシャでは、大昔すでに文字で『敵が攻めてきた』とか、『船が着いた』とかを知らせていたのだ。現在、若者たちがツイッターやラインなどで、メールのやり取りしているルーツはここにある」

二　エイダの夢

「左右5本ずつの松明を使って文字を送ったギリシャ人には恐れ入ります。ご隠居、数と言えば我が国でも欧米でも一、十、百、千、万と10進法を使っていますな。これは何故ですか」

「熊さん、手を出してよくご覧じろ。一つ、二つ、三つと指を折って数えるだろう。指の数は両手で合わせて何本だ」

「10本になる。なるほど、10進法はここから来たのですか」

「多分そんなところだろう。12進法の方が便利なこともある。たとえば貨幣を数えるとき、イギリスみたいに1シリングを12ペンスとした例もある。ダースも12進法だ。2人、3人、4人、6人で割り切れるから、物を分けるときに便利だな。長さで言えば、1ヤードが12インチだ。1年は12ヶ月、半日は12時間、これも12進法だ。時刻や地図上の場所を示すには12進法の5倍、

60進法も使う。仮に片手の指が6本だったら、間違いなく12進法が普及していたはずだ。ところで熊さん、コンピュータは何時頃現れたかご存じか？」

「もちろん第2次世界大戦後でしょうな」

「いやいや、計算をするだけの機械なら、17世紀の後半だな。指先を使うソロバンならギリシャ時代すでにあった」

「えっ、そんなに古いのですか」

「ギリシャ時代には、木の平板の上に10進法の位取りの線を引き、小石や骨、あるいは象牙で出来た玉を置いて計算したらしい。ローマ時代には溝ソロバンが現れた。これがシルクロードを経由して中国に伝わり、現在のソロバンの原型がつくられたというはなしだ。中国で出来た箱形ソロバンの玉は球形だった。戦国時代に日本へ伝わってから、指で弾きやすい菱形に進化し、演算スピードも格段に上がった」

「ところで計算をする機械は、いつ誰が発明したんで？」

「１６２３年にドイツ、チュービンゲン大学のシッカートが発明した機械式計算機が一番古いかな。６桁の加減算が出来たらしい。１６４２年、フランスのパスカルが19歳の時に考案した歯車式加減計算機のレプリカがパリの工芸技術博物館に飾ってある。彼の計算機は、たとえば3を入れると歯車が10分の3回転し、次に4を入れれば10分の4回転、合わせて10分の7回転して足し算（加算）を行った。その歯車が1回転して10を超えると左隣の歯車が10分の1回転するという桁上げ機能も持たせた。引き算（減算）はその逆を行えばよい。

1694年、ドイツのライプニッツはパスカルの計算機を改良し、掛算と割算に必要な、繰り返し加算や繰り返し減算が行えるようにした。彼は、掛算、割算、平方根の計算もできる10進法の計算機を開発した」

「ところでご隠居、その頃の日本人はどうしていたのですか？」

「熊さん、よくぞ聞いてくれた。京都の吉田光由が、1627年（寛永4年）に数学の教科書『塵劫記《じんこうき》』を出版している。数の名前、ソロバンの玉の置き方、加減乗除の方法、利息計算などを説明し、不定形の田畑の面積、円の面積、角錐や円錐の体積、木立の高さの求め方まで解説した。初版は京都、大阪で売り切れてしまい、改訂版は上方からの『下がり物』として江戸の商人たちにもよく読まれた。海賊版が現れるので、光由は改版ごとに『鼠算《ねずみざん》』『継子立て』などの問題を加え、1641年（寛永18年）に出版した『新編塵劫記』には解答を付けない問題集を巻末に載せた。

関孝和が6歳の時、当時流行していた『塵劫記』を手に取り『これは何の本か？』と尋ねた。大人たちから『算用の書だ』と言われ借りたが、2日間で問題をすべて解き、返却したそうだ。大天才の出現だ。やがて彼は算学を学び、日本独自の数学『和算』にまで発展させたのは熊さんも聞いた事があろう。彼は1674年（延宝2年）には高次連立方程式を含む数学の問題集『発微算法』を出版した。『括要算法』では正十三萬一千零七十二角形の周長から20桁（10桁ま

関孝和　括要算法　四巻

直径一尺の十三萬一千零七十二角の周

：三尺一四一五九二六五三二八……

関孝和（1640？－1708）

で正しい）までの円周率を計算している。彼の弟子である建部賢弘は１７２２年（享保7年）に『算暦雑考』を著し、41桁までの円周率や日本初の三角函数表を載せた。当時のフランスやドイツの数学者と肩を並べている。ただ日本の数学者たちはプラス（＋）、マイナス（－）、アラビア数字や等号、不等号、平方根、微分、積分記号を使わず、すべて縦書きの漢文で表示した。彼らの苦労は想像を絶するほどだ。明治以降、近代数学が日本に入ってきても、それを全く違和感なしに消化・吸収、さらには発展さえできたのは、この和算のお陰だ」

「日本人もなかなか隅に置けませんな。しかしなぜ計算機を開発しなかったのか、ご存じで」

「多分ソロバンという便利な道具があったから、計算機を必要としなかったと思う。繰り返しの多い計算を苦痛と考えた欧州人と少し考えが違っていたのかも知れない」

「へーそんなものですか。ところでご隠居、欧州の計算機のつづきは、どうなったのですか」

「スペイン、オランダ、イギリスなどの海洋国家は、植民地を求め、大海原に乗り出した。船員たちは、海上での居場所を割り出すため、苦労した。ところで熊さん、１日は何時間だ？」

「24時間に決まってら」

「では太陽は1時間に何度動く？」

「３６０度を24で割ると、15度になりますな」

「そうだ、太陽は1時間に15度ずつ西へ動く。１８８４年、英国のグリニッジ天文台に、経度0を示す本初子午線の位置が刻まれた。日本の標準時を定める子午線は、東経１３５度の明石を通過している。135を15で割れば9、日本と英国の間に9時間の時差がある」

「なるほど、ご隠居の話を言い換えれば、時計は、自分の居場所の経度が、グリニッジから何度離れているのかを教えているのですな」

「その通りだ熊さん。北半球なら北極星の角度を計れば、緯度が分かる。島影さえ見えない大海原を航行する当時の船員にとって、自分の居場所や、次の目的地を割り出すためには、羅針盤、正確な時計、精度の高い六分儀が必要だった。いまは、GPSナビゲーションのお陰で、スマホを見れば自分の居場所はすぐに分かる。実はGPSも極めて正確な時計と地球を周回する複数の衛星の位置から場所を特定しているのだ。原理は同じだ。

それに当時の船員たちにとって、天体航法に必要な三角函数表、対数表も必需品だった。これらの数表は、高校の数学の教科書の最後に載っているから、熊さんも憶えているだろう。サイン、コサイン、タンジェント、それにロガリズムの数値が数ページも並んでいるやつだ。

1800年代、三角函数や対数などの数表は、多項式からなる近似式を使って人間が計算したため、間違いが多かった。イギリスの王立協会は、ケンブリッジ大学の数学教授チャールス・バベッジに、天体航法や天文学に使う、より正確な数表を作るように頼んだ。バベッジは、大勢の人が流れ作業で行う繰り返しの多い計算にうんざりしていた。

1822年、彼がたまたま対数表を広げて夢うつつのとき、『階差機関』を思いついた。『階差機関』は、多項式の計算を、単純な足し算の繰り返し作業に置き換える。煩わしい計算を、複数の歯車を組み合わせた機械にやらせ、歯車の回転には蒸気エンジンを使えばよい。王立協会はバベッジのアイディアに感心して、10年にわたり合計1万7000ポンドの資金を提供することにした。しかし当時の加工技術では、バベッジが要求する精度の歯車をつくることが出来ず、開発が捗《はかど》らない。そのうえ『階差機関』の製作を請け負った工房が、資金を別の目的に流用したことが発覚し、王立協会は援助を打ち切った。

それでも彼は怯《ひる》まなかった。当時、フランスにはカーペットの図柄模様を自動的に紡織する機械と、それを制御するパンチ・カードがあった。バベッジは、これにヒントを得て、1835年、いかなる函数もパンチ・カードからの命令で自動的に計算する『解析機関』を思い付いた。50桁の数値を1000個格納できる四則演算装置、計算の制御装置ならびに計算結果を印刷する出力装置などなど、機械的自動計算機のアイディアだ。定数も変数も計算手順もすべてパンチ・カードに記入するという彼の考えは、現在のコンピュータを制御するソフトウェアの先駆けとなったのだ。

具体的なプログラムを作成したのは、バベッジの研究室に出入りしていたラブレス伯爵夫人オーガスタ・エイダ（Ada）だと伝えられている。彼女は、詩人バイロンの一人娘で、数学が得意だった。彼女は、バベッジから『解析機関』のアイディアを聞くや、直ちにその全容を理解した。競馬の予想も含め、人間が関わるすべての事象を数値化することが出来ると考えた。そしてバベッジの『解析機関』は、科学の進歩に必要な大量計算の処理に不可欠な道具と捉えた。

チャールス・バベッジ（1791 − 1871）

1842年彼女がノートに示したベルヌーイ数を求めるための『解析機関』用コードは、世界初のコンピュータプログラムと言われている」

「もう我慢できない。小難しい話は嫌だと言ったのに、さっきから『階差機関』とか『解析機関』などと聞いて頭が痛くなってきた。多項式、ベルヌーイ数などもう十分だ。スマホとやらの出自が分かるかも知れないと頭痛薬も飲まずに耐えてきた。皆目分からん。いったいベルヌーイ数とはどんなわけなんです?」

「ワシにも難しくて分からない。熊さんが数学の先生に会ったら聞いてくれ。ここまで来て話を止めるわけには行かない。続けるぞ。エイダは癌に侵され36歳で亡くなった。バベッジは生涯『解析機関』の設計に取り組み、1871年に亡くなった。残念ながら、当時の技術レベルでは『解析機関』も出来なかった。

明治期になると日本人も自動計算機を開発した。福岡県上毛郡(現在の豊前市)出身の矢頭良一が1902年(明治35年)に手回し機械式計算機『自動算盤《そろばん》』を発明し、翌年特許を取得している。彼はこれを製造・販売してその資金で飛行機を開発しようとしたが、肋膜炎を再発して30歳のとき死亡した。彼が製造した『自動算盤』は、一台250円(現在の500万円ほど)という高額であったにも拘わらず、陸軍省、内務省、日本鉄道(後に国鉄に吸収)などに約200台も売れたそうだ。

後日談だが、第2次大戦中の1944年、アメリカ、ハーバード大学のハワード・エイケンが、多数のリレーを使う自動計算機を開発した。76万個のリレー、スイッチ、歯車が使われ、それらを結ぶのに延べ800キロメートルの電線が必要だった。計算機の重さは何と35トン、恐竜のような代物だ。10進法、23桁の加減算が0・6秒、乗算が6秒、除算が11・4秒かかったらしい。IBMで製作されたこの計算機はマークⅠと呼ばれ、海軍に納められて大砲の弾道計算などに使われた。1947年には後継機マークⅡが誕生、1949年には真空管とダイオード、磁気ドラムを使うマークⅢが開発された。磁気コアーメモリー採用のマークⅣの出現で、計算機は完全に電子化された。

マークⅠ〜マークⅣのソフトを開発したのは、グレース・ホッパーという女性技術将校だった。マークⅡが、1947年9月9日の午後3時45分、突然の不具合に見舞われた。ホッパーは膨大な部品からなる機械の中を探し回ったあげく、蛾が挟まって接触不良を起しているリレーを見つけた。蛾を取り除くとマークⅡは正常に動作を続けた。この蛾はホッパーの作業日誌に貼り付けられ『実際にバグ（昆虫）が見つかった最初の例』として今でもスミソニアン博物館に飾られている。コンピュータのソフトに欠陥が見つかるとバグがあった、ソフトが修正されるとデバグ（昆虫を取り除く）されたと言う大元がここにある」

「これは面白いね。誰かに話してもいいかい」

「いいとも、いいとも。のちにホッパーは、それまで使っていた機械語に比べ、より英語に近いプログラム言語『COBOL』を開発し、コンピュータの開発に多大な貢献をした。少将にまで昇進した彼女は、79歳で退役した。一方のエイケンだが、マークⅠの開発当時は、バベッジの『解析機関』を知らなかった。その後、バベッジの伝記を読み、マークⅠの原理が、110年前にバベッジの提案した機械式自動計算機と全く同じであることに気づき、愕然としたそうだ。

1980年、アメリカ国防総省は薄幸の天才プログラマー、エイダを偲び、新しく開発したプログラム言語にADAの名前を付けた。1990年にロンドン科学博物館は、1820年代に考えられた『階差機関』が、実際に動くものかどうかを検証してみた。バベッジの設計図通りに階差機関2号機が試作された。その10年後にはプリンターも完成した。2つとも問題なく動作し、バベッジの考えが正しかったことを証明した」

「バベッジやエイダがとてつもなく賢い人だったことは分かりました。しかしこの計算機がスマホとやらとどんな関係があるのですか？」

「『人間が関わるすべての事象を数値化する』とエイダが思い付いた時、デジタル文明の扉が開いたのだ。リレーが真空管、トランジスタに置き換えられ、計算機の高速化と小型化が進んだ。バベッジやエイダの夢をいまではスマホの中にある超LSIという半導体デバイスが実現している」

「ご隠居の話は、あちこち飛びますな。ややこしくてついて行けない」

オーガスタ・エイダ（1815－1852）

三　腕木通信

「話の途中で熊さんが、色々聞くから、ややこしくなるのだ。ついでに、インターネットの話をしよう。熊さん、インターネットはいつ現れたと思う」

「米ソの冷戦時代に米軍で開発した通信システムが、冷戦後、民間に開放されてインターネットになったという話を聞いたことがありますぜ」

「その通りだ。まだ電気も使えぬ18世紀末にインターネットによく似た通信システム(注9)が、すでにフランスにあったことをご存じか。かの有名なアレキサンドル・デュマが、この通信システムを取り上げている。彼の小説『モンテ・クリスト伯』(注10)には、『ネットワーク犯罪』の走りとも言える事件が登場する」

「ご隠居、その『モンテ・クリスト伯』とやらは、小学校のとき読んだ『巌窟王』のことではございませんか。中身は忘れたが、フランスの敵討ち話だったたような……」

「そうだその話だ。この通信システムを開発したのが、クロード・シャップというフランス人だ。1791年、シャップは大型表示機と時計の化け物みたいな装置を組み合わせ『視覚を利用する通信装置』を開発したが、ルイ16世と秘密で連絡を取っているのではないかと疑われ、民衆に壊されてしまった。これに懲りず、1793年、こんどは『腕木通信装置』の開発に取りかかった。装置の機構部分の設計を何人かの技術者に頼んだがうまくいかない。そこで彼は、時計職人として有名なアブラハム・ブレゲに助けを求めた。

スイス生まれのブレゲは、1775年パリのシテ島に時計工房を開いた。ブレゲの名が世間に知られるようになったのは、彼が『ペルペチュエル』という自動巻き懐中時計を開発してからだ。この時計は、フランス貴族の間で引っ張りだこになった。これが、現在でも高級時計として有名な『ブレゲ』の大元になった。

シャップの依頼に応え、ブレゲはユニークな腕木の制御機構を開発し、その模型をつくった。それを基に実物の『腕木通信装置』がつくられた。2階建ての建物、その屋上に突き出た高い支柱、支柱に取り付けられた長さ約4・5メートル幅30センチほどの腕木（調整器・図中のAB）とその両端に付けられた長さ約2メートルの指示器（図中のACとBD）からなる大掛かりなものだ。2階には、前後の基地を観測する望遠鏡が設置され、2階の床と天井を貫く支柱には、水平と垂直方向に90度回転する大型の操作レバー（図中のab）、その両端に45度毎に135度まで回転する小型の操作レバー（図中のacとbd）が付いていた。

部屋の中の信号手が、これらのレバーを操作するだけで、滑車とロープが働き、屋上に設置された調整器と指示器が思いのままに動く。水平と垂直位置を示す調整器と、45度おきに角度を変え7つの形を示す2つの指示器との組み合わせから、98種類の符号をつくることが出来た。腕木は、青空によく映えるように、黒一色に塗られた。遠くからこれを眺めると、デュマが『モンテ・クリスト伯』の中で書いたように、ひっくり返ったカブト虫が脚をじたばた動かす様に似ていた。

1793年7月、パリ中心部の近郊で3組の『腕木通信装置』が組み立てられ、25キロ間の通信実験が行われた。ベルヴィユ基地の腕木が動き始めると、数秒後にはエクアンの腕木が反応し、信号はド・テルトル基地まで送られた。通信は、約11分間で終了し、人々は新たに出現したシステムの威力に驚いた。ただちに、パリ・リール間（約200キロ）に『腕木通信システム』を導入することが決まり、シャップはフランス共和国政府の腕木通信技師に任命された。パリ・リール間に15の基地が設けられた。当初ベルヴィユが、パリ側の始発基地になる予定であったが、利便性を考え、エクアンからモンマルトルを中継し、美術館になったばかりのルーブル宮殿に、基地がつくられた。5階の丸屋根の上に新たに制御室が建設され、その屋上に腕木通信装置が設けられた。1794年4月、システムは完成、7月から公式運用が始まった。

8月30日、フランス軍はオーストリアから北部のコンデを奪還した。『腕木通信システム』はただちにこのニュースをパリへ伝えた。1799年までの5年間に、シャップは、パリを基点にダンケルク（ドーバー海峡沿岸）までの276キロ、ストラスブール（プロシア国境）・ユナングまでの599キロ、ブレスト（大西洋沿岸フランス最西端）までの551キロの通信ネットワークを構築した。シャップは、『腕木通信システム』に telegraphe という名前をつけた。これは電信（telegram）の語源になった。

権力を手にしたナポレオンは、1800年6月、オーストリアとのマレンゴの戦いでピンチに陥るが、劇的な勝利を収める。彼は、フランス北東部のリュネヴェルでオーストリアとの和

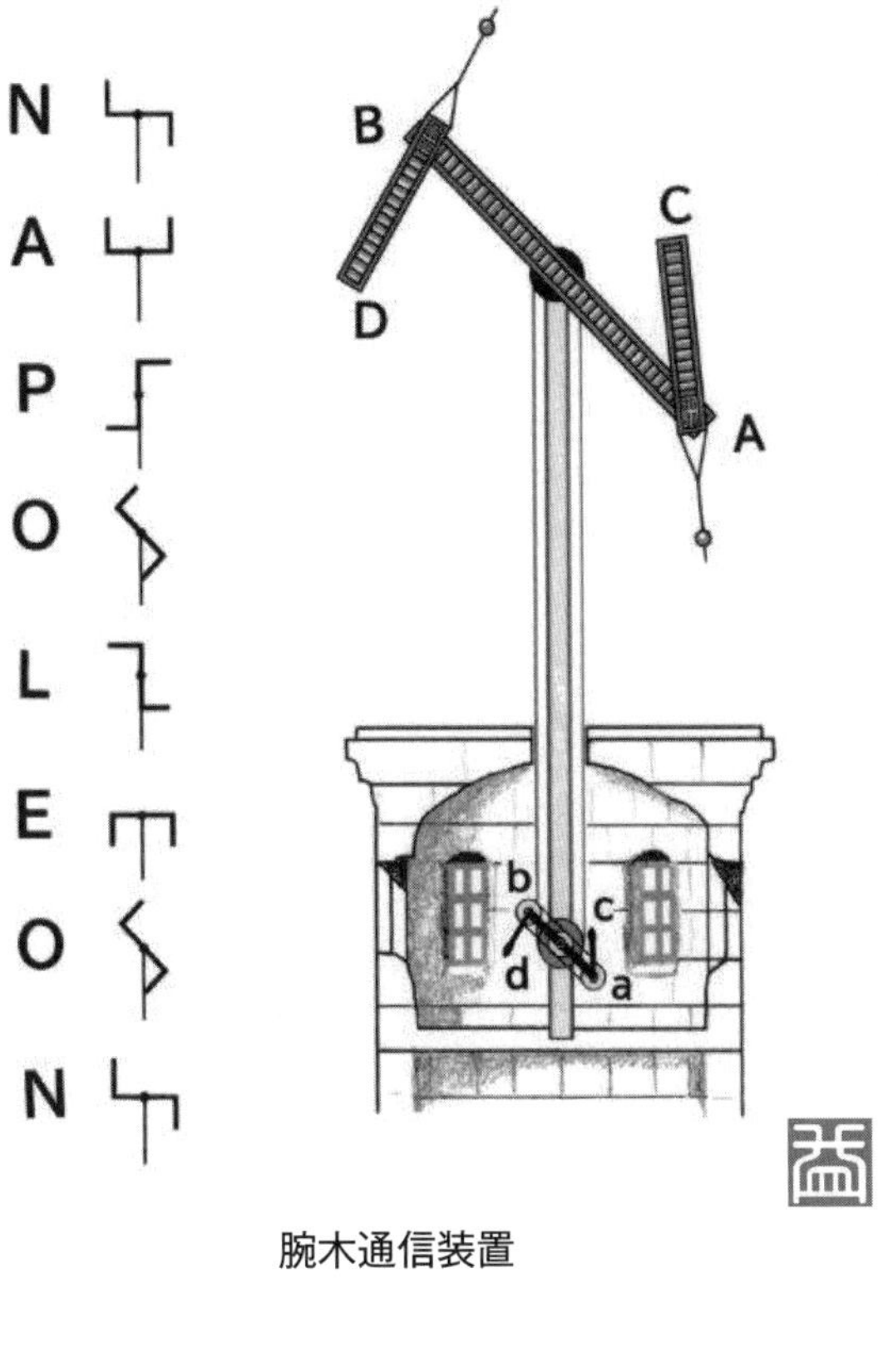

腕木通信装置

平交渉を行うことにした。彼はシャップに命じて、パリ・ストラスブール線の中継基地メッスから分岐させ、リュネヴェル線を新設させた。シャップは、2週間足らずでこれを仕上げた。

1801年2月9日、リュネヴェル和平条約が締結され、オーストリアは、ライン河の左端をフランスに割譲、北イタリアをフランスの保護国に置くことを承諾した。

シャップは、通信技師長に任命された。『腕木通信システム』は、その後もナポレオンの軍事行動と共に広がり、1803年にはブラッセルまで延長され、1805年には、アルプスを越えミラノまで、その後アムステルダム、マインツ、ベニスまで拡張された。中継距離は、望遠鏡の分解能と天候に左右されたが、おおよそ10キロ程度だ。伝達時間は意外と短く、パリ・ツーロン間764キロで、おおよそ10分であった。

パリを中心にヨーロッパ各地にまで張り巡らされた《腕木通信システム》を滞りなく運用するためには、厳密な通信手順が必要となった。シャップは、それまでに起きた通信の遅れや間違いなど、数々のトラブルの原因を調べ、原理的にトラブルが発生しない仕組みを考えた。

通信文に必ず『行先』を表示するのは、言うまでもない。通信開始の合図に『普通』、『特別』、『緊急』、『超緊急』符号を設ける。『通信準備』、『受信』、『送信終了』の他、『エラー訂正』、『繰り返し』、『一時停止』、『待機』などの制御信号を付ける。通信開始の合図『普通』から『超緊急』までは、複数のメッセージが到着、混雑したとき、送信の優先度を自動的に選択するために使われた。

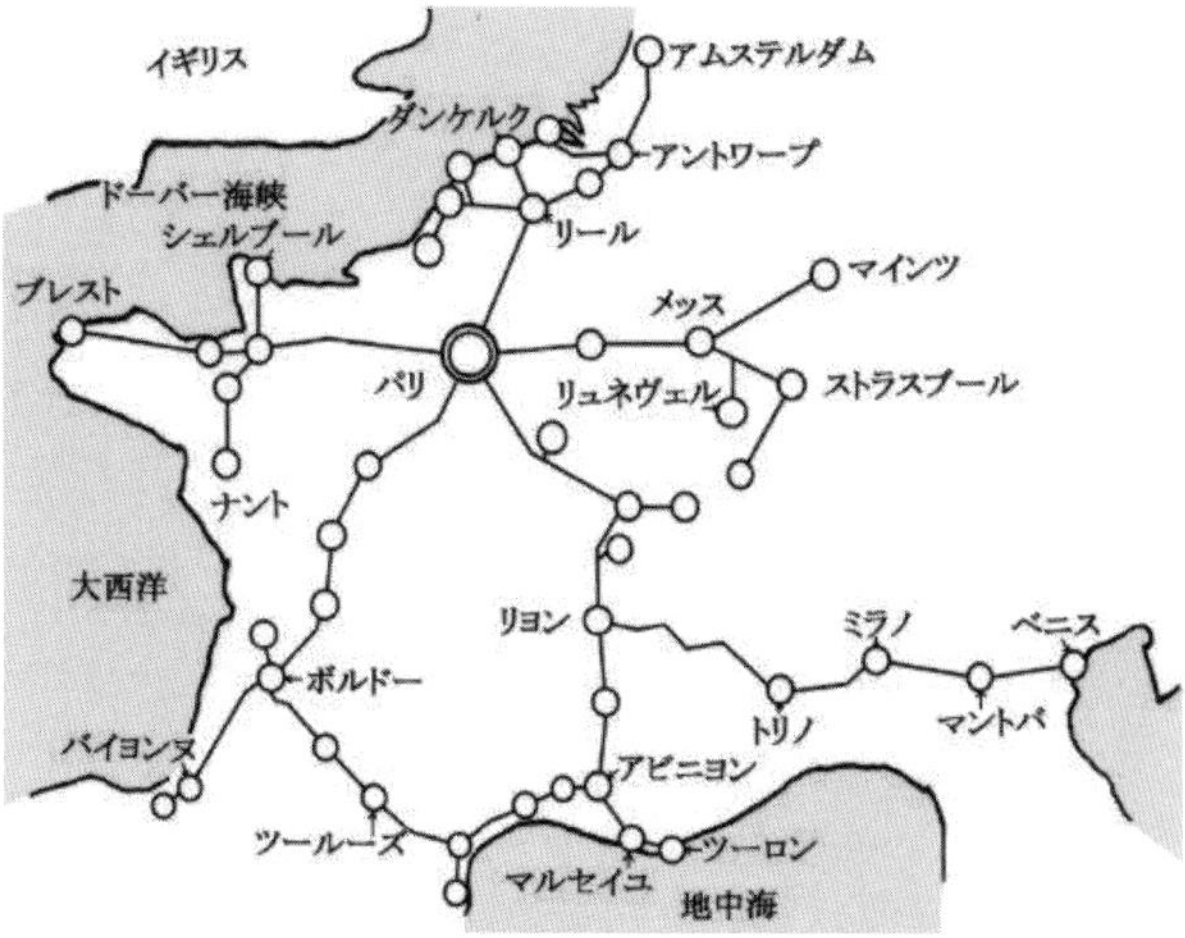

腕木通信装置のネットワーク

これらの取り決めは、現在インターネットに採用されているプロトコル（通信規約）によく似ている。通信線が分岐される中継局は、インターネットでいうルーターの役割を果たした。シャップの工夫で、通信文を複数個に分けて送るパケット通信や、双方向通信、事故が起きたときの迂回通信などが可能になった。腕木通信の符号化ルール、通信手順などのプロトコルやアドレスの設定などを含むソフト開発、それに長距離システムの構築、システム全体の運営や、通信士の教育などは、シャップが全部引き受けた。

フランス革命を最大限に利用し、腕木通信でいち早く情報を入手して、イギリスを除くヨーロッパを征服したナポレオンは、1821年5月5日、セント・ヘレナ島で没した」

「ご隠居、やはりナポレオンはたいした男ですな。当時のインターネットを使って情報を集め、有利に戦争を進めている」

「まあそんなところだ。フランスの腕木通信は、イタリア、スペインに留まらず、アルジェリアまで延長された。ロシア、インド、アメリカまで導入された腕木通信システムは、日本には入って来なかった。熊さんその理由が分かるかい」

「鎖国のせいですな」

「いや違うな。鎖国中の日本も長崎の出島を通じてヨーロッパの通信事情はほぼ摑み、腕木通信を知ってもあまり驚かなかった。フランスの腕木通信が普及する50年ほど前、日本ですでに『旗振り』（注11）という独自の通信システムが開発されていたからだ」

「そう言えば、神戸の須磨に旗振山があると聞いたことがある」

「江戸時代半ば、大坂には日本各地の米が運び込まれた。堂島の米価が全国の基準となり、諸物価を決める大元になった。実際に米の移動を伴う正米《しょうまい》取引の他に、帳簿上だけで操作する帳《ちょう》合米《あいまい》取引がおこなわれ、市場はさらに膨らんだ。帳合米取引は今日の先物取引と同じ仕組みで、長い目でみれば米価の安定に寄与した。他方、思惑どおりの値動きなら儲かるが、逆の動きなら保証金を失い、さらに差損金の支払いで夜逃げ同然になるという悲劇も起きる。そこで諸藩や米業者、商人たちは堂島の米相場を一刻も早く知ろうと工夫を凝らした。

1745年（延享2年）、大和国平群《へぐり》郡若井村の住人源助（相場師）が、その配下を大坂にやり本庄の森（現大阪市北区本庄）から信号によって、堂島の米相場の高低を表示させて、自ら十三峠より望遠鏡で読み取った。最初は烽火（煙）を使ったが、後に大傘、そして旗へと通信道具も変わった。フランスのシャップが政府の後押しで『腕木通信』を開発したのに比べ、日本の源助は、他人より早く米相場の高低を知りたく、いわばビジネスに必要だったから『旗振り』システムを考えだしたのだ。

幅90センチ、長さ165センチほどの大きな旗をもった信号手が、12〜28キロ間隔で配置され、旗を垂直に振り下ろす合図で、通信は始まる。受信側の信号手は、それを望遠鏡で読み取る。数字は、旗を振った回数で知らせ、左に振れば1の位、右に振れば10の位を表した。また文字も送信可能で、『イロハニホヘト』を数字の『2、3、4、5、6、7、8』、『チリヌルヲワカ』を『12、13、14、15、16、17、18』に充て、7文字ごとに10の位が1つ上がる決まりになっていた。濁音は、文字を送ったあと、旗を右側に2回振ったという。受信側の信号手は、次の基地に向けて、全く同じように旗を振った。送信側で、同じ信号が次に送られたことを確認し、もし間違っていれば、訂正信号を送るというチェック機能もあった。

商人たちが飛脚以外の独自の通信手段を持つことを、幕府は警戒した。1775年（安永4年）以降、表向き『旗振り』は禁止された。ところが1865年（慶応元年）、英、仏、蘭公使が兵庫に来航したというニュースを、米相場の信号手がいち早く京都所司代に伝えてから、公然と認められるようになる。

『旗振り』の最盛期、堂島の米相場は、東は尾張名古屋を経て浜松、三島まで、西は岡山を経て下関まで、南は紀伊和歌山まで、北は敦賀までの仲買人に伝えられた。日に3回行われた。濃霧の発生にそなえ、見通しの悪いところには分岐用中継所がつくられ、他のルートへの切替えも可能だった。現在でも各地に『旗振山』として残っている小高い丘や見通しの良い山は、そのときの中継地の名残だ」

「ところでご隠居、『旗振り』は江戸まで通じていたのですか？」

「いい質問だ。『旗振り』は三島・小田原間に立ちはだかる箱根山を越えることが出来なかった。難所の箱根八里は、一里ごとに交代で早飛脚が走った。6時間半ほどかかったらしい。そのため堂島からの情報は、8時間遅れで江戸に到達したそうだ。

「旗振り」通信

1891年（明治24年）、来日中のロシア皇太子ニコライが、大津で警備中の巡査に刺され負傷した。『旗振り』はこのニュースを、大津から大阪まで5分で伝えた。当時すでに電信も普及していたが、『大津事件』の情報が、大阪まで届くのに5時間かかったと伝えられている。やがて日本各地に電信・電話が行き渡り、1918（大正7年）には日本独自の通信システム『旗振り』も消滅した。後日談になるが……」

「また後日談ですか？」

「我慢して聞きなさい。18世紀の『旗振り』や『腕木通信』が、通信方式としていかに先を行っていたかを説明するためだ。先ほど熊さんが言った、米ソの冷戦時代に米軍で開発した通信システムの話だ（注12）。

1957年、ソ連が世界で初めて人工衛星スプートニクの打ち上げに成功した。この人工衛星の出現で、アメリカもソ連からの核攻撃の危険に晒されることになった。当時の軍事用情報処理システムは、データやプログラムを1台の大型コンピュータで一括処理するバッチ方式からなっていた。さらにこの大型コンピュータに接続される複数の端末が、同時に複数の処理を行う時分割システムへ移行しようとしていた。

こんな状態でソ連からの先制核攻撃を受けて通信基地が破壊されたら、国防上の全て機能が麻痺してしまう。米国防総省は、軍のシンクタンクのランド社へ、核攻撃に耐える通信システムの研究を命じた。1964年、ランド社のポール・バランは、新しい通信方式を考案し『分

ポール・バラン（1926 − 2011）

散型・通信ネットワーク』という報告書を書いた。

一、分散型・通信システムの提案……集中制御方式を止め、蜘蛛の巣のように張り巡らされる分散型ネットワークに変更する。

二、パケット交換方式の提案……送信するデータを短いメッセージに分割し、それぞれのメッセージに宛名（受信先・アドレス）と番号を付け、紙吹雪のようにばらまく。万一メッセージが途中で消滅したときには、コピーを再送する。

三、サバイバビリティの確保……仮に核攻撃で数ヶ所の通信回線が破壊されても、メッセージは何れかの回線を経由して必ず宛名の所に届く。ばらばらに到着したメッセージは、受信側のコンピュータで番号順に編集され、オリジナルなデータに戻される。

当時の通信専門家はあまりにも奇抜なアイディアに危惧の念を懐《いだ》き、バランの提案は、しばらく据え置かれた。1968年、電話回線を使い、離れた場所にある複数のコンピュータを対話させる実験がはじまると、バランの提案がようやく認められることになった。こうして核攻撃に耐える通信システム『ARPANET』が構築され、米軍で使われるようになった。熊さんご存じのように、冷戦が終わるとこれが民間に開放されインターネットになったのだ。シャップの『腕木通信』と比べてみると、原理がよく似ているだろう。ランド社のバランが、フランスの『腕木通信』を参考にしたか否かは、ワシは知らん」

四　殊勝な蛙

「ところで熊さん、人類に最大の貢献をした蛙の話はご存じか?」

「中学生のとき田圃で蛙を捕まえ、理科の実験で解剖をしたことがありますぜ。解剖に使うホルマリンの匂いが嫌いで、それ以降蛙にはご縁がない。蛙はフランス料理に使われるそうですが、食べたこともございません。蛙がスマホとやらに何か関わりがあるので?」

「大有りだ。イタリアのガルヴァーニ(注13)が蛙の解剖をしなかったら、未だにスマホが使えなかったかも知れない。蛙は電池の開発に多大な貢献をしているからだ。

ガルヴァーニは、イタリアのボローニア大学で医学を専攻し、ガレアッチ教授から解剖学も学んだ。外科医になった彼は、ボローニア大学の講師、助教授を歴任、1762年にガレアッチの娘ルチアと結婚した。静電気を利用する電気ショックも病気の治療に使われた。ボローニア大学の医学部にも、摩擦起電機やライデン瓶が備え付けられるようになった。ゲーリッケが考えた硫黄やガラス球を擦る静電気起電機も、ガラス円板を回転させる構造に変わっていた。今でも学校の理科室でよく目にする、周辺部に多数の錫箔を扇状に貼り付けた2枚のエボナイト円板を互いに反対方向に回転させる摩擦起電機は、1883年にウイムズハーストが開発したものだ」

「まだ蛙が出てきませんな」

「まあ焦ることはない。これから始まるぞ。人間の筋肉は、摩擦起電機などの電気ショックを与えると、縮むことはよく知られていた。ガルヴァーニは、筋肉の収縮現象を研究するため、解剖した蛙の足を使うことにした。

1781年1月、彼は実験台の上に置いたガラス板に、脊髄を露出させた蛙の下肢を乗せた。実験室に出入りしていた妻ルチアが、摩擦起電機を回したと伝えられている。彼女が空いた手で蛙の脊髄に触れたところ、蛙の足は激しく痙攣した。彼女の体に帯電していた電気が、蛙の足に流れたのであろう。蛙の足は、摩擦起電機、ライデン瓶、ファラデー・スクエア（一種のコンデンサ）から得られる全ての電気に反応した。自然界の電気にも、果たして反応するのだろうか？

1786年4月、彼は実験台を建物の屋上に移し、避雷針から垂らした電線を蛙の足に接触させ、雷雲の到来を待った。空に稲妻が走るようになると、蛙の足はピクピクと動いた。蛙の足は、間違いなく雷にも反応している。

9月、空気中の電気を測定しようとして、真鍮製の鉤《かぎ》がついた蛙の足をひとまず鉄柵の台の上に置いた。足から下がった鉤が、たまたま鉄柵に触れたとき、蛙の足がピクリと動いた。空は晴れており、まだ雷雲は発生してない。蛙の足は、電気に反応するばかりでなかった。蛙の筋肉の中には、何か「電気の源」のようなものがあるらしい。こんどは室内でこれを確かめようとした。銀メッキした金属の器に蛙の足を入れ、鉤を器に触れると、足が反応した。試みに

2種の金属（鉄と真鍮）からなるコンパスの先で、蛙の脊髄と足に触れると、小さな放電さえ起きた。彼は、『生物電気』が存在すると信じるようになった。

1791年、ガルヴァーニはボローニア大学紀要に論文『筋肉運動による電気の力』を発表、その中で〈蛙の筋肉には電気を起こす作用がある。これを2種類の金属ではさむと放電が起きる〉と述べた。金属の種類が違うと、蛙の足の縮み方が違うことまで言及しているから、電池作用の発見まであと一歩だった」

「ようやく、蛙と電池の関わりが出てきましたな」

「そうなのだ。1792年3月、ガルヴァーニは、パヴィア大学にもこの論文を送った。それを読んだ物理学教授のアレッサンドロ・ヴォルタ（注14）はこの『生物電気』に興味を持ち、追試を行った。5月には、『生物電気』に疑問を懐くようになる。『生物電気』はまだ仮説の段階であり、論理的にはその存在はまだ証明されていない」

「ヴォルタはなかなか疑り深い学者ですな」

「他人の書いた論文をよく調べないでボロクソに批判する人も多いが、謙虚な疑問を懐き自分で試してみるのも重要だ。これが人類に大きく貢献する研究にまで繋がることが多い」

「まるで大学の名誉教授の演説みたいだ」

「煽《おだ》てるのは、まだ早い。話を続ける。放電は、蛙の足でなくても起きた。食塩水か灰汁で濡らした布や紙を、銀板と錫板などの異種金属で挟めば、同じ効果が得られた。ガルヴァーニが追求した『生物電気』の本質は、生物とは全く関係がなく、重要なのは、電解物質を異種金属で挟むことにあることを見つけたのだ。

彼は、ガルヴァーニが命名した『生物電気』を『金属電気』と改め、電解物質を異種金属で挟んだ装置をパイル（電堆《でんたい》）と命名した。電堆を何段も重ね、最下部の銀板と最上部の錫板に指を触れると、高圧の電気ショックが来る。この実験は繰返すことが出来た。ついに連続して流れる電気を取り出すことに成功した」

「電池の発明ですな」

「そうだ。ガルヴァーニが蛙の解剖をしてから10年以上後のことだ。ヴォルタはそれから7年間、色々な金属の組み合わせからなる電位差の系列表をつくった。なかでも亜鉛と銅板とからなる組み合わせが最も効果が大きいことを確かめ、これを電堆の電極に決めた。

ちょうどその頃、イタリア方面軍司令官のナポレオンは、北イタリアのボローニアまで遠征した。1797年、ナポレオンが北イタリアにチザルピーナ共和国をつくったとき、彼に忠誠を誓うヴォルタは、パヴィア大学教授に留まることが許された。一方ガルヴァーニは、ナポレオンへの忠誠を拒否したため、ボローニア大学教授の職を解かれ、翌年失意のまま没した」

「ナポレオンは、電池の発明のきっかけをつくったガルヴァーニには冷たい」

「政治家は自分に靡《なび》かぬ人間を毛嫌いするからな。ヴォルタは1800年5月20日、ロンドンの王立協会へ電堆の発明についてフランス語の手紙を送った。この手紙は、『異種金属の接触

アレッサンドロ・ヴォルタ（1745 − 1827）

によって発生する電気』という英文の題が付けられ『フィロソフィカル・トランザクションズ』に掲載された。4ヶ月後には全文が英訳され、『フィロソフィカル・マガジン』にも掲載された。これでヴォルタの電堆が世界中に知られることになる。ヴォルタの電堆から、なぜ安定して連続電流を得ることが出来るのか、その仕組みがまだ十分解明されないうちに、多くの人が利用を考え始めた。2種類の金属とそれらに挟まれた電解質で構成される電堆は、『ヴォルタ電池』と呼ばれるようになる。

ヴォルタは全盛期のナポレオンに気に入られた。彼は1801年、ナポレオンからフランス学士院へ招待され、電池の実験を行った。1804年、彼がパヴィア大学の教授職を退くことを願い出たとき、ナポレオンはこれを認めず、年金の増額をしたうえ伯爵の称号を贈った」

「まるで待遇が違う。私は少しガルヴァーニの肩を持ちたくなりますぜ」

「まだ続きがあるぞ。『ヴォルタ電池』は、陽極に水素が発生して分極をおこし、起電力がすぐに低下した。1836年、ダニエルは、この現象を防ぐため、ガラス容器の中に素焼きの円筒を入れた2重構造の電池を開発した。内側に硫酸亜鉛溶液を入れ、亜鉛棒を陰電極とし、外側には硫酸銅溶液を入れて銅板を陽電極とした。充電すれば、繰返して使用することが出来る鉛蓄電池は、1859年にプランテが開発した。マンガン乾電池の原型は、1866年にフランスのルクランシェが開発した。彼は、黒鉛の粉末を加えた酸化マンガンの棒を陽極に、亜鉛の容器を陰極に用い、その間に電解物質として糊状の塩化アンモニウムを詰めた。1870年代以降この電池は、一般家庭でも広く使われるようになる。

リチウムイオン電池の開発で、蓄電容量が大幅に向上、スマホの充電回数も減った。この電池の開発者である旭化成の吉野彰たちに２０１９年のノーベル化学賞が与えられたことは、熊さんもご存じだろう。言うまでもないが、電圧の単位ボルト（Ｖ）は、電池を発明したヴォルタの名前に由来している」

「スマホとやらの電池にもそんなわけがあったのだ。我慢して聞いた甲斐がありました。次は何が出てくるので？」

「急用を忘れていた。今日の話はこれでおしまい」

追記

私の物理の先生である井坂秀樹さんに拙稿を読んでもらったところ、「スマホの登場」なる一編を書くよう勧められた。もっともな指摘である。代わりに追記をもうけ、井坂さんご自身のコメントと、晩年のスティーブ・ジョブズがアイフォーンを生み出すまでのエピソードを紹介したいと思う。

井坂秀樹さんのコメント

まずは感想の第一報をお送りします。ご隠居と熊さんのやりとりのリズムが抜群で、微笑ましく読み続けました。読み終わって思うのは、「スマホのルーツ」に先だってたとえば「スマホの登場」みたいな一編をお書きになっていただきたい、ということです。

スマホの登場によって、産業構造だけでなく、社会全体のスタイルが変わってしまったと感じます。スマホが登場した時期は、液晶ディスプレイ技術の成熟直前でした。それまで、液晶屋のメインターゲットはTVやPCのディスプレイでした。しかし、世に出て間もないスマホの出荷台数は瞬く間に増加し、1台当たりのディスプレイ面積は小さいけれど、掛算するとトータル面積においても、液晶屋が無視できないレベルになりました。おまけに、高精細かつタッチパネル機能がないと、スマホに採用されないということで、液晶屋はがらりと開発方針を変えざるを得ない状況になりました。これは一例で、プロセッサなどもPC用とはかなり異なる仕様が要求され、ARM(注15)進出にインテルなどは驚いたのではないでしょうか。お猿さんが簡単に操作できた要素の一つが手鏡型であることですが、そのせいで折りたたみ携帯の開閉を検出するホールスイッチ(注16)のトップメーカーの業績が大幅に悪化しました。などなど。

このようにスマホがもたらしたインパクトのキーとなる要素が、従来の考えでは「枝葉の部分(指による高速スクロールや拡大縮小機能など)」にあったことに多くの人が驚き、その点に言及していています。

今時間がなく、確認しないまま書いていますが、スティーブ・ジョブズはもともと今で言うタブレットの製品化を急いでいたそうです。過去にまったくなかった操作方法と操作感覚。これを実現する技術的ハードルは極めて高かったけれど、ジョブズは決して妥協しなかった。ある時、ジョブズは予想以上にその革新的操作技術が実現に近い状態まで漕ぎつけていることを知り、急遽順番を逆転して、その操作方法を搭載した携帯電話をタブレットより先に発売すると言い出したようです。

これがアイフォーンでした。このジョブズの判断とそれが社会に受け入れられた状況（お猿さんにも受け入れられたことを『スマホのルーツ』で初めて知りました）に関する福田さんの感想、批判などをまとめた一編があれば、さらに楽しく読めると思った次第です。

2023・4・13　井坂秀樹

晩年のスティーブ・ジョブズ（注17）

2003年10月、スティーブ・ジョブズの膵臓に癌が見つかった。彼は手術を拒否し、菜食主義、鍼治療、心霊治療などを総動員してこれを治そうとした。これを見兼ねた友人は、強引に彼を説得し、2004年7月31日にスタンフォード大学のメディカルセンターで手術が行われた。残念ながら肝臓にも3ヶ所の転移が見つかった。

2005年6月、スタンフォード大学卒業式の祝辞でジョブズは初めて彼の体験を語った。最初の話はリード・カレッジの中退である。「中退したら、面白くもない科目を取る必要はありません。僕は興味ある科目だけを選んで聴講しました。例えばカリグラフ（注18）の授業から、美とは何かを学びました」。2番目の話は、自分がつくった会社アップルから追放され、すばらしい経験をしたという内容だ。「成功者という重圧が、初心者の気軽さへと変わり、僕の人生で最もクリエイティブな時間を生み出すことが出来ました。NeXT（注19）とPixar（注20）という新会社を起し、それが世界最高のアニメスタディオへ変身しました。これをアップルが買い取ったので、また大好きな職場へ戻ることが出来ました」

本当に学生を惹きつけたのは3番目の話である。膵臓癌と診断され、その結果、何を思ったかについての話だ。「人生を左右する分かれ道を選ぶとき、一番頼りになるのは、いつかは死ぬ身だと知ることです。周囲の期待、プライド、バツの悪い思いや失敗の恐怖などの全てが、死に直面すると消えてしまい、本当に大切なことだけが残るからです。自分はいつか死ぬという意識があれば、何かを失うと心配する落とし穴に嵌まることもありません。自分の心に従わない理由などないのです」

2005年、iPod（注21）の販売が急増し、前年の4倍である2000万台に達した。アップルの売上げの45％に達し、会社の業績を左右する商品に化けてしまった。いろいろ考えていたジョブズは「アップルが徹底的にやられる可能性がある機器は携帯電話だ」と結論づけた。当時、携帯電話は世界中で8億2500万台も売れていた。取締役会でジョブズは説明する。「携帯電話は誰もが持っているので、iPodが不要になってしまうかも知れない」

スティーブ・ジョブズ（1955 − 2011）

最初考えたのは他社との共同開発である。アップル、モトローラ、そしてワイヤレス通信のシンギュラーの寄せ集めでスタートした。〝船頭多くして船山に上る〟の諺どおり、巧く行くはずもない。ジョブズは言い切った。「モトローラみたいに阿呆な会社と付き合うのはもううんざり。やはり自分たちでやろう。自分たちが使いたいと思う電話を創ろう」と。

彼はチームを集め宣言する。「タブレットを作りたい。キーボードもスタイラスペン（注22）もなしだ。入力は指で直接スクリーンにタッチして行う。だからこれに対応できるタッチ機能付きディスプレイを作ってくれ」。6ヶ月ほどかかったが、一応使えるプロトタイプが出来た。1ヶ月後には、慣性スクロールというアイディアが浮かんだ。スワイプ（スクリーン上を掃くように触れる）すれば、画面がそのまま動く機能だ。ジョブズも「これが未来だ」と気に入った。電話サイズのスクリーンにマルチタッチ・インターフェースが搭載できるまで、他のタブレット機器の開発は凍結された。キーボードも用意すべきという意見も出たが、ジョブズは却下した。電話をしたいときは数字キーボード画面、文字を入力したいときは文字キーボード画面を表示させればよい。何かしたいときは必要なアイコンが出てくる。そうすれば、動画も画面一杯に楽しめる。その後の6ヶ月間、ジョブズは、毎日必ずこのディスプレイの改良を手伝った。

2007年1月9日、ジョブズはサンフランシスコでiPhone（アイフォーン）を発表する。「ときどき、あらゆる物を変えてしまう革命的な製品が登場する」と語り始め、過去の製品を2つ紹介した。「まず初代Macintosh（注23）で、これはコンピュータ業界全体を変えた」「もう一つがiPodで、これは音楽業界全体を変えた」と伏線を張ってゆく。

「今日は同じくらい革命的な製品を3つ紹介する。まずはワイド画面タッチ操作のiPodだ。2番目は、革命的な携帯電話。そして3番目が画期的ネット通信機器だ」「分からないかい?」と会場に問いかけた。「3つに分かれているのではない。じつは一つ、アイフォーンというものだ。アップルは電話を再発明したのだ」

2007年5月に行われたオール・シングス・デジタルという会議でジョブズとビル・ゲイツ(注24)が出会った。会議の前、楽屋で司会者が「新しいウィンドウズ・ビスタにマックからコピーした機能が色々搭載されているそうですね」と問うと、ゲイツは興奮して「事実を知りたいなら、そういうものを初めて示したのが誰か自分で調べればいいでしょう。『スティーブ・ジョブズが世界をつくり、そこに他の人間が来た』と言いたいのなら、勝手にすればいい」と答えた。

司会者がジョブズに「アップルが開発・提供したウィンドウズ用ソフトの人気が高い」と話を向けると、彼は「地獄の業火に焼かれている人に冷たい水をあげている気分だよ」と冗談を言った。ゲイツの目は笑っていなかった。「私が地獄の代表ってことらしいね」。この会議は危うく中止されそうになる。……沈黙したジョブズは、持っていたミネラルウォーターをゲイツに渡す。これにはゲイツも笑い出したので、その場の空気が和らいだ。ゲイツとジョブズとでは、製品やイノベーションに対するアプローチに大きな違いはあるが、お互いに相手と張り合うことを通じて自分を認識していたようである。

聴衆を前に、会議が始まると、互いを尊重するやり取りが続いた。やがてゲイツが「そうですね……スティーブ（ジョブズのこと）の美的感覚が得られればいいなと思います」しばらくして、ジョブズも同じく真情を吐露した。「寛容さに若干問題があったかも知れないが、まずアップルはエンドツーエンドで統合した製品を作り、マイクロソフトはオープン戦略でほかのハードウェアメーカーにソフトをライセンスした。音楽市場ではiTunes（注25）/iPodのパッケージが示すように統合アプローチのほうが優れているが、パソコン市場ではマイクロソフトの分離アプローチのほうがうまく機能している」。そしてふと思いついたように「携帯電話にはどちらのアプローチがいいのだろうか」と呟いた。そして次のようにコメントした。「ウォズ（スティーブ・ウォズニアックのこと）と僕が一から十まで自分たちで完結する会社にしてしまった。だから他の会社との協力が不得意になってじまった。アップルというDNAに〝協力〟という要素がもう少しあったら、きっとすごいことになっていたと思う」

2007年6月29日、アイフォーンがアメリカで発売された。値段は500ドル。ブロガー（注26）たちは「キリストの電話」というあだ名を付けた。マイクロソフトのあるマネージャーはインタビューに答え「世界一高い電話機です。キーボードがないから仕事用に買う人はいない

ビル・ゲイツ（1955－）

でしょう」とコメントした。しかし2010年末までにアイフォーンは累計9000万台売れ、その利益たるや世界の携帯電話市場の半分以上を占めるようになった。

2008年になるとジョブズの癌が広がっていることが分かった。痛みを和らげる治療も、モルヒネ主体の鎮痛剤を中心に進められた。その年の6月9日、アイフォーン3Gを発表したときのジョブズはあまりにも痩せていたので、製品より彼の健康状態の方が注目されてしまった。ジョブズは病状が悪化しつつあることを伏せながら、こんどはiPad（注27）の開発を進める。

2010年1月27日、サンフランシスコで行ったiPadのプレゼンテーションは凄かった。最後のスライドでジョブズは自身の人生を振り返りながら、iPadにも込めたアップルのコンセプトを映し出した。テクノロジー通りとリベラルアーツ通りの交差点を示す道路標識である。「アップルがiPadのような製品を作れるのは、テクノロジーとリベラルアーツの交差点にいつも立ちたいと考えているからです」と彼は締めくくった。

2011年10月5日、スティーブ・ジョブズは妻や親族に看取られながらパロアルトの自宅で息を引き取った。膵臓癌の転移による呼吸停止、まだ働き盛りの56歳であった。

（注1）小林登志子「古代メソポタミア全史」中公新書　２０２０年
（注2）矢島文夫「ギルガメシュ叙事詩」ちくま学芸文庫　１９９８年《大英博物館のジョージ・スミスはニネヴェ（古代メソポタミアの最大都市）の宮殿跡から発掘された粘土板に『大洪水』の記述があることを発見し、１８７２年12月の聖書考古学協会で発表した。》
（注3）ヘロドトス著　松平千秋訳「歴史」上・中・下　岩波文庫　１９７１年
（注4）塩野七生「ギリシア人の物語」Ⅰ・Ⅱ・Ⅲ　新潮社　２０１５年
（注5）ヘロドトス著　松平千秋訳「歴史」中　１５２ページ《彼がパピルスに書いたという記述は見当たらないが、この文章がある。》
（注6）トゥーキュディデース著　久保正彰訳「戦史」上・中・下　岩波文庫　１９６６～67年
（注7）アッリアノス著 大牟田章訳「アレクサンドロス大王東征記　付インド誌」上・下　岩波書店　２００１年
（注8）貝塚茂樹「史記」中公新書　１９６３年
（注9）中野明「腕木通信」朝日新聞社　２００３年
（注10）アレキサンドル・デュマ著　山内義雄訳「モンテ・クリスト伯」岩波文庫　２００３年4月
（注11）柴田昭彦「旗振り山」ナカニシヤ出版　２００６年
（注12）脇英世「インターネットを創った人たち」青土社　２００３年
（注13）Marcello Pera translated by Jonathan Mandebaum “The Ambiguous Frog” Princeton University Press 1992
（注14）Giuliano Pancaldi “Volta: Science and Culture in the age of Enlightement” Princeton University Press 2003
（注15）英国ＡＲＭ社が開発した携帯機用に特化した省電力のマイクロプロセッサ

（注16）開閉部にある磁石の磁場を検出するデバイス
（注17）ウォルター・アイザックソン著　井口耕二訳「スティーブ・ジョブズ」Ⅰ・Ⅱ　講談社　２０１１年《米国の「TIME」編集長で伝記作家でもあるアイザックソンが、ジョブズと50回ものインタビューを重ね、彼の伝記（約９００ページ）を著した。その中から、アイフォーンを開発した晩年のジョブズのエピソードを取り上げた。》
（注18）西洋・中東などで行われる字を美しくみせる書法
（注19）アップルを追われたジョブズは、投資して高性能なワークステーションを開発する新会社を立ち上げた
（注20）ジョブズは、投資してコンピュータ・グラフィック技術でアニメーションをつくる新会社を立ち上げた。ディズニーの「美女と野獣」などが有名
（注21）アップルが開発した携帯型デジタル音楽プレイヤー
（注22）タブレットに字や絵を描くとき使う鉛筆型のタッチペン
（注23）通称 Mac（マック）。ジョブズの思想や夢が盛り込まれたパソコン。《後年、世界最薄のノートブック型が発売され、直感・視覚的な操作、画面に表示される文字フォントの美しさ、図像の精度などで、パソコン業界に大きなインパクを与えた。》
（注24）マイクロソフトの創業者。《米国屈指の実業家。ＩＴ業界では、同い年のスティーブ・ジョブズといつも比較され、話題となる。》
（注25）iPod 用の音楽管理ソフト
（注26）インターネット上に、「個人、企業などの記事」を書く人
（注27）アップルが開発したタブレット型コンピュータ

２０２３・４・20　記

寅さん

この台詞がはじまると、日本が近くなる。

「わたくし、生まれも育ちも葛飾柴又です。帝釈天で産湯を使い、姓は車、名は寅次郎、人呼んでフーテンの寅と発します」

映画「男はつらいよ」は盆と暮れ、年2本の割合で、約50本作られた。うち10本ほどの封切をJAL1便（サンフランシスコ発）、あるいは3便（ニューヨーク発）の中で見たような気がする。機内の笑いが収まると、ジャンボ747は大きく旋回して成田の滑走路に入る。

国際便が羽田から成田へ移ったのは1978年5月である。機中で「寅さん」を見たのは、その後だったのだろう。

ときに寅さんは唄う。「どぶに落ちても根のある奴は、いつかは蓮の花と咲く。意地は張っても心の中じゃ泣いているんだ兄さんは。目方で男が売れるならこんな苦労も掛けまいに、掛けまいに。どうせおいらはヤクザな兄貴、わかっちゃいるんだ妹よ。いつかお前が喜ぶような偉い兄貴になりたくて、奮闘努力の甲斐もなく、今日も涙の、今日も涙の陽が落ちる、陽が落ちる」

　私は、倍賞千恵子演じる「さくら」が好きだ。「さよならはダンスの後に」や「忘れな草をあなたに」の歌もいいが、兄思いで健気な「さくら」は、天下一品だ。

　妻は、失恋に懲りない「寅さん」が大好きだった。彼女は「男はつらいよ」が放映されるたびに録画し、私と一緒にそれを見た。液晶テレビに買い替えたとき、録画もＤＶＤ方式に変わった。

「生きている？　そら結構だ」

「言ってみりゃ、リリーも俺も旅人よ」

「労働者諸君、田舎の両親はお元気か？　たまには手紙を書けよ」

「おじさん、世の中でいちばん美しいものが恋なのに、どうして恋する人間はこんなにぶざまなんだろう」

「男ってものはな、引き際が肝心よ」

「懐かしい葛飾の桜が、今年も咲いております」

　妻のお気に入りの台詞である。彼女が入院まえ、最後に見たのは、浅丘ルリ子が共演する「寅次郎紅の花」である。

寅さん

渥美清は、「ぼくの叔父さん」（封切1989年暮れ）の頃から体調を崩し、撮影の合間に愛用のトランクを椅子代わりに座ることが多くなった。1991年に肝臓癌が見つかり、「寅次郎紅の花」が最後の作品となる。彼の遺言は「戒名はつけるな。最後は家族だけで看取ること。世間には茶毘《だび》に付したあとに知らせること。騒ぎになったときには、長男の健太郎ひとりで対応すること」と見事なものである。

御前様《ごぜんさま》の笠智衆、タコ社長の太宰久雄、おいちゃん役の森川信、松村達雄、下條正巳、おばちゃんの三崎千恵子、博の父親、しぶい演技の志村喬も、もういない。

昨年末、題経寺《だいきょうじ》の寺男源公《げんこう》を演じていた佐藤蛾次郎の訃報に接した。

2023・1・27　記

蒟蒻問答

「ご隠居、神様は本当にいるんですか？」

「八っつあん、難しいことを問うな。我が胸中は大海のごとし、十方世界は五戒で保つ」

「十戒じゃないのですか」

「いや五戒で十分だ。あえて八っつあんに応ずれば、神はいると思う人にいるし、いないと思う人にいない」

「まるで蒟蒻《こんにゃく》問答ですね。かみさんが是非にと言うので、結婚式は教会であげ、親父が成仏したときには、坊さんをよんで葬式を出しました。伊勢神宮へお参りもしたし、たまには神田明神へ願かけします。倅の友達の外国人にこの話をしたら『日本人は一つの神を信じないのか』と呆れていました。どうもユダヤ教徒らしい」

「いまのところ、どんな信心もないワシだが、死ぬ間際に『神様、仏様助けて下され』と両方へ縋り付くかも知れぬ。先日も、牧師が説教をはじめたので『仏教徒だ』と話の腰を折った。

お布施を断る口実に『耶蘇教だから』と坊さんにウソついたこともある」

「そりゃまた大変だ。とても大海のご隠居とは思えない」

「動物は知らんが、人間は死を恐れる。伴侶や子供の死は見たくもない。災害や流行病《はやりやまい》には為す術がない。この世の中は、悲、苦、不安に溢れ、あらゆる欲が渦巻いている。もし神様がいて、これらを鎮めてくれると思えば、心も安らぎ、諦めも着く。お釈迦様もキリストもこれを説いた。

王様も神様をちゃっかり利用した。王が『こうせよ』と言うより、『神のお告げだ』の方が、民がよく動くからだ。だから昔から政治と宗教のかかわりは心配の種だった。よく政教分離というが、政治が宗教を弾圧できる期間はかなり短い。ところが、宗教が政治をコントロールし始めると際限がない。

多くの戦争は、異教徒同士の争いから始まる。宗教さえなければ、戦争は起きないと思うほどだ。多神教を信じる古代ローマが、キリスト教を国教にしてからおかしくなり、やがて滅びたという歴史もある」

「先日も、倅の友達が『一度、旧約を読んで下さい』と言ったが、どうも気が進まない。ご隠居、『旧約』とやらの成り立ちを講釈してくれませんか」

「大昔、バビロニア地方（現在のイラク南部）に人類最古の文明が誕生したそうだ。人々は町をつくった。その中の一つがウルだ。町の風俗に馴染めぬ人々はユーフラテス川沿いに北上し、東西通商の拠点ハラン（現トルコ領ハルラン）にしばらく留まった。彼らがユダヤ人の祖と言われている。ユダヤ人たちはＢＣ19世紀頃シリア砂漠を横断、カナン（現在のパレスチナ）に到達する。そこでも飢餓に見舞われ、エジプトへ移住、奴隷として生き延びた。ＢＣ13世紀頃に予言者モーゼが現れ、圧政に苦しむイスラエルの民を率いてエジプトを脱出する。カナンへ向かう途中、モーゼはシナイ山で神ヤハウェから啓示を受けた。これが『ヤハウェの他に、何者も神としてはならない』ではじまる十戒だ。

カナンに戻ったユダヤ人たちは幾多の試練を受けた。先住民カナン人との戦い、ギリシャ本土や地中海の島々から移住してきたペリシテ人との戦いだ。ＢＣ10世紀頃、武将ダビデがエルサレムを首都とするユダヤ王国を築く。ダビデの子ソロモンが支配した地域は広大であったが、やがて近隣諸国に侵略され、ＢＣ６世紀ユダヤ人たちは虜囚の身となりバビロンに連行された。旧約聖書はこの頃に編纂されたらしい。ユダヤ教はもちろんのこと、これはキリスト教やイスラム教の源ともなった。『旧約』には、まえもって『ビッグバン』を知っていたかのように『神は〝光あれ〟と言われた。すると光があった』という記述がある」

「そういえば学校で、物理の先生が『宇宙はビッグバンで始まった』と説くので『ビッグバンの前は？』と尋ねたら『時間も空間もビッグバンで始まった。その前などない。ただの無だ』と肩透かしを食らいました」

「現代科学でも無生物から生物になる経緯《いきさつ》はまだ解明できない。『旧約』によれば全ての生き物は神の創造物だそうだ。なるほど科学で解明できないところを、神の業《わざ》にすればよいのかと、ワシは感心した。……創世記によれば、神は4日目に太陽と月と星をつくられたとあるが、ワシには太陽が出来る前に一日をどう数えたかという素朴な疑問もある。6日目に獣と家畜をつくり、神に似た人をつくられた。土の塵で人をつくり、命の息を吹き入れられた。そこで人（アダム）は生きものになった。……ここまでは良いとしよう。しかし……人を深く眠らせ、そのあばら骨の一つをとって一人の女（エバ）をつくり、人のところへ連れてこられた。……ワシは、順序が逆ではないかと思っている。発生学によれば、受精後の胎児はみな女で始まるが、ホルモンの影響で、やがてほぼ半数が男に変わるらしい。アダムはエバが変化したものだ。男にも乳首があるのは、その痕跡だ。多分、男であった『旧約』の編者は、自分の胸に乳首のあることを忘れていたのだろう。

考古学、歴史学、あるいは自然科学の観点から、『旧約』の内容を批判するのは、どうかと思う。だが、ワシはいまだに、いかなる神の存在も実感することが出来ない。神が人間を創ったのではなく、むしろ『人間が神をつくった』とすれば、胸にストーンと入る。

どんな宗教も出来たてホヤホヤのころは、過激な布教活動をしたのであろう。それが1000年、2000年も経てば民意との共存をはかるため、角が取れ丸くなる。ときにはキリスト教原理主義とかイスラム原理主義とかいう先祖帰りみたいなものが現れる。教義の一部を都合よく解釈し、不可解極まる行動を可とする。宗教に『原理』などという言葉が出てきたら要注意だ。新興宗教はさらに危ない。布教と偽り、金儲けに専念するからだ。何万という日本人が霊感商法やマインドコントロールの犠牲になったことか」

「安倍首相を射殺した犯人の母親は、何とか言う新興宗教を信じているそうですね。彼女がその教団に貢いだ金は1億円をゆうに超えるらしい。報道によれば、犯人はこれを憎むあまり、安倍元首相がかの教団を支援していると信じ込み、奈良で殺害に及んだそうです」

「噂によれば、その教団の創始者Bは、その昔、当時のK国から日本へ留学し、帰国後に抗日活動が発覚、逮捕・拷問などを受けた。一度は、イスラエル修道会の補助引導師になったそうだ。彼の『原理』思想に基づく聖書解釈は、当然キリスト教主流派に受け入れられず、迫害を受けた。やがて、『原理原本』なる教義書を完成させ、布教活動をはじめた。自身を地上に再来する『メシア』に擬《なぞら》え、奇妙な論理を展開した。『エバはヘビに唆《そそのか》されて禁断の果実を食べ、アダムにも分け与えた。だから、エバの罪のほうが重い』。さらには教祖の恨《ハン》を晴らすため『罪深いエバ国家日本をアダム国家K国の植民地にする』『天皇を自分（B）にひれ伏させる』など常人には理解しがたい説教もした。これは日本から、金を騙し取る口実となった。『エバ国家日本はアダム国家K国に仕えなければいけない。だからK国へ献金しろ』と何千億円もの金を貢がせた。さらには合同結婚式を催し、多数の日本人女性をむりやりK国男性に嫁がせた。

　騙される日本人も問題だが、最近の調査によれば、この教団のお陰で当選できた国会議員たちも多いらしい。Bは表向き『反共産主義』を標榜し、我が国の歴代の首脳たちまで取り込んだようだ。日本の信者が貢いだ何千億円もの金が、秘密裏にKの隣国へ渡ったとの噂もある。

かの教団に色々な便宜をはかった我が国の首脳や政治家たちは、この金で開発したミサイルや原爆で自分たちが脅されるなど夢にも思わなかったのだろう」

「ところで日本の法律では、角が取れ丸くなった宗教法人と何とかいう怪しげな教団を見分ける手立てがないと聞きました。こんなことでは、所轄官庁がその教団の正体を暴き、解散命令を出すことができないのではありませんか」

「オウム真理教は、あまりにも多くの人を殺害したので、カルト集団、テロ組織と認定され、教祖はじめ首謀者たちは裁判にかけられ死刑に処された。今回は我が国の元首相が殺害された。犯人が裁判で公正な裁きを受けるのは当然だが、二度とこんな悲劇が起きないようその背景となった教団の実態を明らかにするのが急務ではないかとワシは考える」

「警察も文化庁も触らぬ神に祟りなしと、本質に迫るのに及び腰ではないですか」

「ワシは、所轄官庁の蛮勇を期待している」

2022・12・19　記

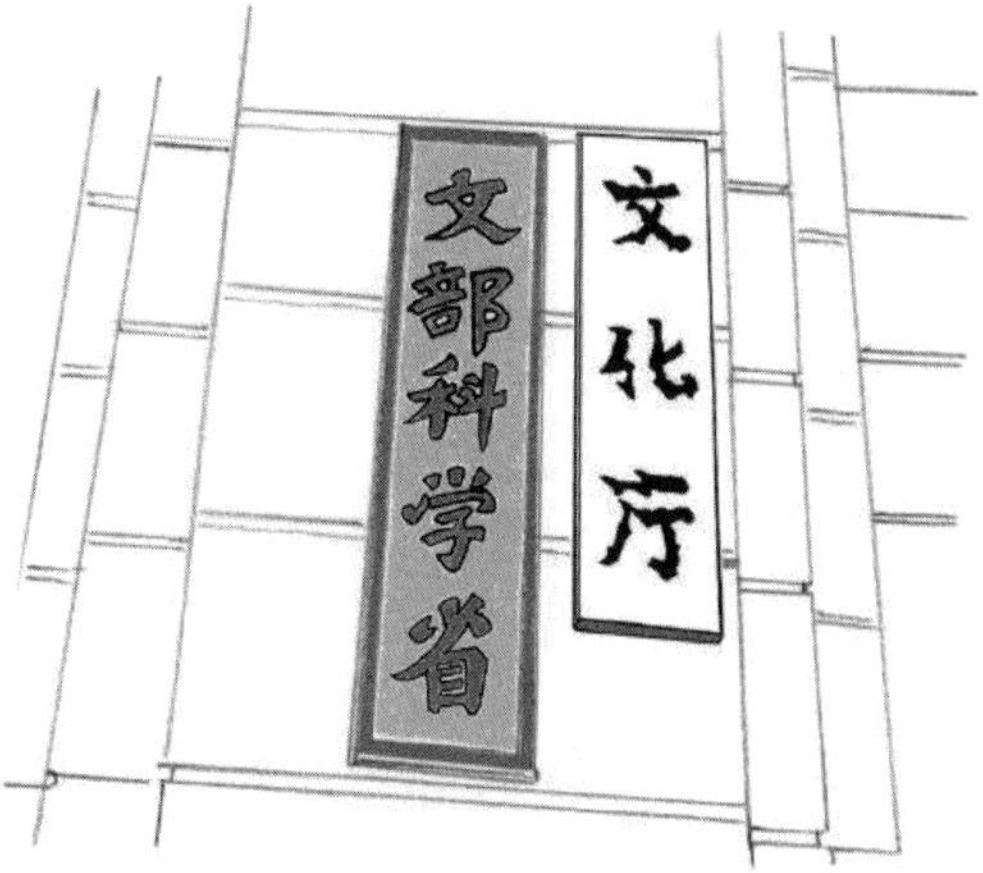
文部科学省
文化庁

ベルリンの壁

ロシアのプーチンが読書家かどうか、私は知らない。ネットで検索すると、若い頃スパイに憧れ、柔道などのスポーツを好み、語学に堪能、猜疑心が強いナルシストとあるが、よく政治家が明かす愛読書などは見当たらない。私の邪推に過ぎないが、プーチンは自身の経験だけを頼りに政治判断を下しているのではないか。ひょっとすると彼は、ヘロドトスの「歴史」を読んでいないのかも知れない。

ヘロドトスは、BC484年ごろ、小アジアの古代都市ハリカルナソス（現在のトルコ領）に生まれ、ペルシャ戦争（BC492年〜BC449年）を体験した。彼はアテナイ、クリミア、スキタイ、フェニキア、エジプト、バビロンなどを訪れ、各地の歴史や風俗についてもこと細かに記録した。イオニア語（古代ギリシャ語の方言）で書かれたが、のちにラテン語にも翻訳され、世界中に広まった。彼が文中で用いたhistoriaは、ギリシャ語で「調査・探求」を指すが、ラテン語のhistoria、英語のhistory、フランス語のhistoireの語源となり、いずれも「歴史」を意味するようになった。彼の大著「歴史」(注1)はペルシャ戦争を中心に当時の東西諸国の抗争を描いており、全部で9巻からなる。第4巻では、ペルシャの侵略を阻んだ黒海の北方に住む遊牧民族スキタイとその建国伝説まで紹介している。

元駐ウクライナ大使である黒川祐次は「物語　ウクライナの歴史」(注2)という良書を出している。ウクライナは第2次世界大戦後いったんソ連邦に取り込まれるが、冷戦の終結に伴い1991年、独立を果たした。東スラブの本家筋にあたり、そのむかしはコサックや中世ヨーロッパの大国キエフ・ルーシ公国である。さらに遡ればヘロドトスの「歴史」に出てくるスキタイに辿り着く。彼らは、ゲリラ戦法に長け、騎射を得意とした。ペルシャが攻撃してくると、スキタイは撤退・焦土作戦を続けながら、隙を突いて戦いを挑んだ。補給がままならないペルシャ軍は、この作戦に音を上げ、ついに侵略を諦めた。

プーチンの略歴をいえば、レニングラード(現サンクトペテルブルグ)生まれ、1975年にレニングラード大学法学部を卒業、ソビエト連邦国家保安委員会(KGB)に勤務し、レニングラード局の人事課に配属されている。1985年、東ドイツ(東独)に派遣され、ドレスデン支部でソ連人学生を監督するかたわら、北大西洋条約機構(NATO)の情報収集なども行った。東独では同国の情報機関・秘密警察である国家保安省職員の身分証明書を持っていたらしい。いわゆるスパイである。1990年の東西ドイツ統一後、レニングラードに戻り、母校の学長補佐に就いた。彼が東独に勤務していた5年間の記録は、職業柄か詳らかではない。プーチンがサンクトペテルブルグ副市長、ロシア連邦大統領府監督総長、ロシア連邦保安庁長官、引退を表明したエリツィンの指名で大統領代行になり、2000年に大統領に就任してから今日に至るまでの経歴は、よく知られている。

プーチンは、2014年ウクライナ領のクリミア半島をロシアに併合し、2022年2月には、何を血迷ったかウクライナ本土へ侵攻した。ウクライナ側は携帯型ミサイル「ジャベリン」で、T72型やT90型戦車を叩き、地対艦ミサイル「ネプチューン」でロシア黒海艦隊の旗艦モスクワを撃沈した。迂闊にもスマホで連絡を取るロシア軍将兵の居場所を検出して、兵舎を爆撃、ときには軍の司令官を狙撃銃で撃ち取るなど、散々な目に遭わせている。ウクライナにとって、ミサイルも狙撃銃も先祖のスキタイが使っていた弓矢みたいなものだ。私が興味を抱いたのは、プーチンが東独に勤務していた謎の5年間(1985～1990年)である。

その頃、私は西ベルリンやイギリスをたびたび訪れている。西ベルリンのジーメンス社へはマイクロ波通信機に採用された高出力GaAsFET増幅器の納入やクレーム処理のために出かけ、イギリスのマルコニー社へは放送衛星受信用HEMTの売り込みをはかっていた。1987年6月、ジーメンス社の西ベルリン工場を訪問したとき、少し離れた高台に案内された。

ウラジーミル・プーチン（1952 –）

短時間だがそこから壁越しに東ベルリン側を覗いたことがある。東独の兵士が機関銃を構えて私たちを睨んでいた。

1988年に入るとHEMTが急に売れ始め、販売量は月100万個に達した。顧客とも馴染みが深くなった頃、思いがけない話を聞いた。「口外無用だが、東欧諸国の一般家庭向けに大変な数の放送衛星受信機が売れている」とのことである。超小型パラボラアンテナは、アパート室内に置けるので、外からは簡単に見つからない。HEMTという新しい半導体デバイスのお蔭で、東欧庶民も西ヨーロッパ側の衛星放送を視聴することが可能になった。共産主義体制の矛盾は、もはや誰の目にも明らかになり、それに対する不満が、大量の亡命者を生むようになる。

その頃プーチンの頭のなかは、西側諸国に対する怨念で一杯であったに違いない。もしかすると、東ベルリンのアパートに部下たちと押し入り、超小型パラボラアンテナを見つけるたびに足で踏み潰していたかも知れない。ベルリンの壁は、1989年11月9日の深夜、突然壊された。

1996年、私は久しぶりにベルリンへ出張した。降りた飛行場は、プロペラ機が使うテンペルホーフ空港から大型ジェットも離着陸可能なテーゲル空港に変わっていた。休日にブランデンブルグ門から30分ほど歩き、旧東ベルリン領だったシュプレー川の中州を訪れた。そこには長年夢見たベルガモン博物館がある。内部は古代（ギリシャ・ローマ）博物館、中近東博物館、イスラム博物館に分かれている。巨大な「ベルガモンの大祭壇」には驚いた。青い彩釉煉瓦で飾られたバビロニアの「イシュタール門」を見上げ、ある感慨にふけった。自分たちが開発・製造した商品が間接的ではあるが東西ドイツの統一を促し、その後の世界の仕組みを一変させたからである。

「愚者は経験に学び、賢者は歴史に学ぶ」という格言がある。ドイツの熱血宰相オットー・フォン・ビスマルクが残したものだそうだ。プーチンはチェチェンなどで残虐非道な戦いをした。この体験をもとにウクライナ戦争を始めたが、戦果は捗々しくない。そこで戦争目的を、極右思想家アレクサンドル・ドゥーギンが唱える奇怪な第3次大祖国戦争に転化しようとしている。だが誰の目にも明らかなように、これは侵略戦争に過ぎない。ウクライナは、ヘロドトスの「歴史」に描かれたスキタイのように、ロシア軍を散々な目に遭わせて撃退するのではなかろうか。歴史は繰り返されると言う人もいる。

(注1) ヘロドトス著　松平千秋訳「歴史」上・中・下　岩波文庫　1971年
(注2) 黒川祐次著「物語　ウクライナの歴史　ヨーロッパ最後の大国」中公新書　2002年

2022・11・23　記

PFS：高級官僚登用試験

欧米には辛辣なジョークがある。ロシアにはアネクドートがある。風土がなせる業か、お上を憚る国民性のためか、我が国には政治を揶揄する小話が少ない。せいぜい落首がある程度だ。PFSとは、ポリティカル・ファニイ・ショート・ストーリー（政治小話）の略で、私の造語である。

明治時代、高級官僚になるためには、帝国大学を卒業後、かなり難しい試験を受ける必要があった。例えば、次のような問いに対し小論文を書き、高得点を取らねばならない。試験に合格すれば、高等官、あるいは勅任官とよばれ若くして官庁の要職についた。

文官高等試験問題（明治27年）

1. 大権ノ行動ヲ論ス
2. 刑事條件付宣告ノ効用及其特質ヲ論ス

3. 法人ノ性質及種類ヲ論ス
4. 維新以来地方行政ノ沿革並ニ其現今制度ノ梗概ヲ論ス
5. 貨幣ノ本位ヲ論ス
6. 局外中立國ノ権義ヲ論ス

大正時代には行政科の必須科目が憲法、行政法、民法、刑法、国際公法、経済学であり、商法、民事訴訟法、刑事訴訟法、財政学は選択科目であった。外交科の必須科目は憲法、国際公法、国際私法、経済学、外国史、外国語であり、行政法、民法、商法、商業学、商業史は選択科目になっていた。予備試験を調べてみても、相当に手強い内容である。

高等試験予備試験問題

大正7年

1. 我カ國民性ノ長短ヲ論ス
2. 欧州戦争カ我國商工業ニ及ホシタル影響ヲ論ス
3. 官吏任用ノ制度ヲ論ス

大正8年

1. 家族制度ノ将来ヲ論ス
2. 我國ニ於ケル労働問題ノ帰趨ヲ論ス

3. 政党政治ノ利害ヲ論ス

大正8年
1. 國民外交ヲ論ス
2. 國際連盟ヲ論ス
3. 都市政策ヲ論ス

高級官吏を目指す若者は、かくも難しい国家試験に合格してから各省庁に配属された。キャリヤーの道を歩むと熾烈な競争が始まり、係長、課長、審議官、局長、事務次官と出世階段を上っていく。次の階段に上れなかったキャリヤーには、天下りという手厚い救済手段が用意されている。例えば政府外郭団体や民間会社の要職である。そのためか、何時の時代でも、公務員を目指す若者にとって高級官僚は憧れの存在であった。

2008年に国家公務員制度改革基本法が成立、国家Ⅰ種、Ⅱ種、Ⅲ種試験が廃止され、総合職、一般職、専門職試験となった。

最近の国家公務員総合職試験を調べると、基礎、専門、政策課題討議、人物、語学力などの他に、新たなスキルが求められている。国会答弁実技試験なるものが、加わっていた。

問題：あなたは将来、国会の諸委員会や審議会、調査会などに政府側要員として呼び出され、種々の質問を受けることもあります。次のような状態に陥ったとき、どんな答弁をしますか？

➡印は、ある公務員予備校の回答例

1、やるかやらないか約束できない。
➡「前向きに検討する」

2、たぶん無理だけど、やってはみる。
➡「鋭意努力する」

3、手を付けるが、どこまでやるか答えたくない。
➡「善処する」

4、状況から判断すると、急がざるを得ないが、期限を示したくない。
➡「可及的速やかに」

5、決められた通りに行動するが、そのうちに。
➡「粛々として」

6、……するが、何か文句あるかと威嚇する。
➡「……させていただきます」

7、結果については知りません。
➡「最大限努力する所存です」

8、発言、ご苦労様です。
⬇「傾聴に値する」
9、残念の意味、あるいは面と向かって謝りたくない。
⬇「遺憾であります」
10、〝いいじゃないですか、そんなこと〟と身内の不祥事を庇《かば》うとき。
⬇「慙愧《ざんき》に耐えません」
11、はっきり記憶に残っているが、証人喚問などで偽証罪に問われるのを避けるために使う。
嘘をつくことになるが、その嘘を追及されないテクニック。
⬇「記憶にございません」
こんな試験が加わったせいか、憧れの的である総合職の受験者数が最近、減り始めたらしい。
2023・2・14 記

扁鵲三兄弟

敬愛する叔父小島真可《まさよし》さんが、3月に亡くなった。95歳だったから、大往生と言ってもよい。甲種一等航海士を務めたあと、海事鑑定人になり、海運業界に貢献した。彼は、胃癌とその転移による肝臓癌、心筋梗塞、腸閉塞など数多くの病気に襲われたが、その都度手術に成功し、奇跡的に回復した。叔父は「扁鵲《へんじゃく》先生に何度も命を救われた」とだけ答え、多くを語らなかった。扁鵲は、司馬遷の「史記」にも出てくる古代中国の名医である。巌本善治編「海舟余波」の序に、扁鵲三兄弟として紹介されている。

＊　＊

むかし魏の文侯、扁鵲に問ふて曰く、『君が兄弟三人あり。誰か最も善く医を為すや』と。扁鵲答へて曰く、『長兄の病を看るや、其神を視る、未だ形跡あらざるに早く之を除くをもて、其名、家の外にすら聞ゆることなし。中兄の病を治するは、豪毛《ごうもう》に入り、其根本を癒す。故に其名や、聞ゆれども一地方より出でず。扁鵲の如きは、血脈《けつみゃく》を鑱り(注1)、毒薬を投じ、肌膚《きふ》の間に副《そ》ふて之を治するをもて、処方華々しく、名、諸侯に及ぶまで聞ゆるなり』と。

＊　＊

私も若い頃から色々な病気を経験したが、医師には恵まれたような気がする。27歳のとき、診療所の政井先生は、X線写真の肺尖部分に白い陰を見つけ「肺結核」と診断、須磨の山奥の療養所を手配して下さった。39歳のとき、学会会場でとつぜん足の力が抜け、立つことが出来なくなった。目の前の景色が黄色に変わっていた。富士通病院の林田先生に診て貰うと「急性肝炎」であることが分かり、ただちに入院となった。放っておけば慢性肝炎、さらには肝硬変になる可能性もあったが、先生のきめ細かい治療のお蔭でいまだに肝臓は大丈夫だ。

65歳のとき、定期検診でPSA値が30を超えた。すわ前立腺癌かと有明の癌研へ駆け込んだ。担当医は浦上先生だった。生体検査でも幸い癌細胞は見つからなかった。その後先生には約10年間、定期的にモニターして貰った。上下したPSA値も、やがて5以下に落ち着いた。75歳になったとき、「もう癌研へ来る必要はありません。仮に癌になっても、あなたの寿命の方が先にくるから」と放免して頂いた。

いまは高コレステロールや胃炎、高血圧の治療のため、近所のクリニックの市来寄先生から懇切丁寧な治療と指導を受けている。たまたま先生が休診のとき、同クリニックの某医師に「いつもの薬を出して下さい」と頼んだ。彼はカルテを見るや「こんなに薬を飲んでいるの。それにしばらく胃と大腸の検査もしていない」と看護師に胃カメラと大腸カメラの検査を指示した。

扁鵲先生

数日後に行われた胃カメラは何とか凌いだが、大腸検査には往生した。太いファイバースコープで大腸を掻き回されること30分以上に及び、痛さで気を失いそうになった。幸い、両臓器ともポリープ以外何も見つからなかった。

次の診察のとき、市来嵜先生にこの話をすると「たまには、検査も必要ですね」と笑った。いつものように血圧と脈拍の測定、「運動をしなさい。塩分を控えて下さい」と忠告を受けた後、雑談となる。「またあなたのエッセイを読んでみたが、やはり面白いですね」との感想をうかがい、血圧も下がったような気がした。扁鵲先生の長兄は、すぐ身近におられるのである。

（注1）諸橋徹次の大漢和辞典には、「鑱」の音「サン、またはゼン」と「するどい、さす、きり、のみ、うがつ、はり、いしばり」などの意が記されている。巌本善治は中国の古典《鶡冠子《かつかんし》・世賢第十六》の扁鵲三兄弟的故事の「若扁鵲者、鑱血脈、投毒薬、副肌膚、閒而名出聞於諸侯」を引用したかと思われる。「鑱」をどのように訓読みしたか不明だが、医療に針を刺すと解釈。

２０２２・４・24 記

「ふじみ」理髪店

「生きているなー　あの海老……」

「いや、生きちゃいねえや」

「生きているよ」

「生きているもんか。どだい、絵に描いた海老だよ」

「生きてるってえのに……こんちくしょう、なぐるぞ！」

「おいおい、お待ち、お待ち。おまえたちは、なんだって喧嘩しているんだ？」

「へえ、ご隠居さん、いまね、この髪結床の障子に描いてある海老が、じつによくできているので、まるで生きているようだといいますとね、この野郎が『死んでる』とこうぬかしやがる。ねえ、ご隠居さんがご覧になって、あの海老は、どうみえます？」

「生きちゃあいないな」

「ざまあみやがれ。ねえ、ご隠居さん、死んでますね」

「いや、死んでもいないな。ありゃあ、患《わずら》ってるな」

「患ってる？　どういうわけで？」

「ああ、よくごらんよ。床《とこ》についている」

古くからの小咄《こばなし》をオムニバス風にした落語である。髪結いにきた町内の者が、玉《ぎょく》を懐に将棋を指すので、王手が掛からない。芝居小屋で別嬪《べっぴん》と懇《ねんご》ろになりその惚《のろ》気話をするなど、周りに煩くて仕方がない。親方が「少しは静かにしてくれ」と注意をする間に、客が銭を払わないで帰ってしまう。六代目三遊亭圓生（１９００～１９７９）演じる「浮世床」は、冒頭のように、町内の若い衆が、屋号「海老床」の障子に描かれた絵をみて言い争いをするところから始める。まくらで「髪結い床と病床」をかけ、笑いを誘った。


江戸時代には髪結い、以前は床屋と言ったが、今は理髪店、あるいはヘヤーサロンなどと呼ぶようになった。子供の頃は母親がバリカンで散髪をしてくれた。床屋に通うようになったのは、高校に入ってからである。名古屋の千種区にあった名古屋工大恒和寮、神戸の青葉寮、垂水社宅、川崎の中原社宅、そして鶴川の自宅と、転居するたびに馴染みの床屋ができた。圓生の「浮世床」のように、他の客と口論をしたことはない。女店主との会話でも、もっぱら聞き役に徹した。思い起こせば、もう10年も前のことである。

「まあ、遠くまですみません。大家が土地を売ったので、ここに越しました。椅子も洗髪台も

ヘアーサロン ふじみ
042-785-3484
白髪
ぼかし
Open

前の店から運んで来たんですよ」と女将さんは私をバーバーチェアに座らせた。

鶴川に越した時「ふじみ」理髪店は、家から歩いて20分ほどの所にあった。今は団地センター街に移ったので、バスで通っている。女将さんは話好きで、話題はテレビのワイドショーから鶴川地区のニュースにまで及び、私の貴重な情報源になっている。何時だったか、「今晩、団地の夏祭りがあります」と教えてくれた。夕方、愛犬「ペコ」と妻と娘、孫たちと一緒に散歩代わりに出かけた。会場の入口で、団地の役員から「犬は駄目だ」と言われ、「ペコ」と私だけがすごすご引き返した。妻と娘たちは、祭りを楽しんだあと、屋台の焼きそばをお土産に帰ってきた。夏の懐かしい一コマである。

こちらから尋ねたわけではないが、女将さんから身の上話も聞かされた。彼女は鹿児島出身である。理容師の資格をとってから、親戚に誘われて東京に出てきた。「銀座を案内され、こんなところで仕事ができるのかと喜んでいたら、新宿から小一時間も電車に乗り、鹿児島より田舎に連れて来られました。当時の鶴川には理髪店は一軒しかありませんでした。そこで修業を始め、やがて仕事を任されるようになりました。料理屋を営む主人と結婚し、娘も生まれました。肝臓病で主人がたおれ、ずいぶんと苦労をしましたが、看病のかいもなく亡くなってしまいました」などなど。しかし修業時代の教えであろうか、客の噂話はいっさい聞いたことがなかった。

先月、文藝春秋からエッセイ集を出して貰った。その中で鶴川に縁《ゆかり》の深い白洲次郎と「武相荘」について触れたことを知らせると、彼女は「『武相荘』と言えば、新型コロナ前には観光バスで大勢の人が来ましたが、最近は訪れる人が少ないそうです」。続けて「実は……」と話はじめた。

「鶴川の床屋に勤めたとき、無口でダンディな年配の紳士が、ときどきお見えになりました。その方の白髪を整え、顔を剃るのは、私の仕事でした。その方は自身のことはもちろん、天気の話さえされませんでした。だからどんな方だろうかと想像をしていたのです。たまに見かける奥さんは、派手で洋装のよく似合う人でした。昭和60年の終わりごろだったと思います。新聞で白洲次郎が亡くなったことを知りました。顔写真を見るとあの白髪の紳士でした」

驚いた私は顎に手をやった。

鶴川駅前に「啓文堂」という中規模の本屋がある。「武相荘」を訪れる人向けに設けたのであろう、店には白洲正子・次郎に関する書籍を並べた特設コーナーがある。白洲正子のエッセイ集「鶴川日記」は今でもよく売れるそうだ。こんど店長の粋な計らいで、その隣に拙著「かわうそエンジニアの鶴川日記」を並べて貰えることになった。

2021・12・4　記

ウェゲナー外伝

便利な世の中になったものだ。手書きの「ウェゲナー日記」（注1）が2020年からインターネットで閲覧できるようになった。ミュンヘン・ドイツ博物館のサイト、アーカイブ欄「ウェゲナー日記」のトランスクリプト（文字起し）をクリックすれば、数冊の独文日記が、英語に翻訳されて現れる。

米国立雪氷センターによれば、グリーンランドの氷床は1990年代まで降雪量と融解量がバランスしていたので、あまり変化がなかった。2010年から融解の方が勝り、その速度も増した。2022年7月15日〜17日に観測されたグリーンランドの気温は、平年に比べ6℃も高く、15℃を超える場所もあった。この3日間だけで、米国のバージニア州全体を深さ30センチで覆うほどの水が海に流れたらしい。

グリーンランドは日本の国土の5・7倍の広さを有する。もしグリーンランドの氷床が全部溶けたら、海面が7・5メートル上昇するという。南太平洋の島々が消え、海岸近くの大都市は、洋の東西を問わず甚大な被害を受ける。日本の関東地方で言えば、東京都の足立区、江東区、葛飾区、千葉県の浦安市、市川市、埼玉県の川口市、草加市、八潮市、三郷市の大部分が海面下になる。地球の温暖化は深刻で、もう引き返すことが難しいところまで来ているようだ。

1915年に「大陸移動説」を唱えたアルフレッド・ウェゲナー（1880〜1930）は、元はと言えばグリーンランドの気象を調査した極地探検家である。2006年、米国ユタ大学名誉教授のロジャー・マッコイは、ウェゲナーが「大陸移動説」を思いつくまでの経緯、大陸移動説に対する当時の学界からの冷たい反応、プレート・テクトニクスが認められてから、彼が再評価されるまでの顚末、さらには数次にわたるグリーンランド探検についてまとめ、一冊の本（注2）を著した。当時、日本語訳がまだなかったので、私は全文を翻訳し、著者の許しを得たうえ、2008年、ある出版社に刊行を持ちかけた。稚拙な訳文に怯んだのであろう。編集長は「この類いの本は読者が少ない」とやんわり断ってきた。

ウェゲナーは1930年、第4次グリーンランド探検隊を結成、氷冠（注3）の中央部に設けたアイスミッテ（注4）（越冬基地）の部下を救うため、手橇で食料と燃料を届けたが、西海岸基地に戻る途上、11月の初めに死亡した。当時はかなり話題になったらしい。しかし今では、この探検に想いを寄せる人は少ない。以下は、私の訳文から主に〝第4次グリーンランド探検〟に関わる部分を抜き取り、かなり手を加え、冒頭の「ウェゲナー日記」や彼の部下であるヨハネス・ゲオルギの手記（注5）を参考にして再編成したものである。

＊　＊

1905年、アルフレッド・ウェゲナーはベルリン郊外にあるドイツ・リンデンベルグ航空測候所に職を得た。すでに兄クルツが同じ職場にいた。彼らは、そこで凧と気球を使う最新の気象観測法を学んだ。翌年、ウェゲナー兄弟は熱気球で中央ドイツからデンマーク北部まで浮遊し、フランクフルト近くに戻った。滞空時間は52時間と当時の世界記録を17時間も上回った。

この実績をかわれ、アルフレッドはデンマーク探検隊長エリクソンから声をかけられた。グリーンランドのイヌイットの生態を研究していたエリクソンは、彼を気象学者として採用した。探検に先立ちアルフレッドは、グロスボーテル気象凧観測所長ウラジーミル・ケッペンの助言を求めた。古気象学の権威であるケッペンは、若きアルフレッドから話を聞き、なかなか得難い人材だと感心した。

1906年の探検でアルフレッドは、凧や気球を使って極地の気象観測データを収集する一方、二つのことも学んだ。一つは極地におけるサバイバル法、もう一つは失敗がすぐ死を招くという実例である。探検隊長エリクソンと2人の仲間は、ベースキャンプから冬季探検に出かけ、基地に戻る途中で餓死した。用心深く計画を立てても、実際には極寒に翻弄されるのである。

アルフレッドが、ケッペンの娘エルゼと出会ったのは、このグリーンランド探検から帰った直後である。彼が探検報告会で講演すると聞いたエルゼは、学校を休んで駆けつけた。彼女は次のように書いている。「そのとき私は16歳、変わったことには何でも熱中する年頃である。

ウェゲナー博士が示した美しいスライドと鮮やかな語り口。それに、極地特有の太陽光と海風に焼かれた肌、日焼けした顔から覗く灰色がかった青い目！」。彼女は、28歳の極地探検家にすっかり参ってしまった。すらりと伸びた筋肉質の体、広い額と考え深そうな青い目は、若いエルザの心をとらえて、離さなかった。

アルフレッドも恋におちた。「彼はときどき夕食の途中で会話を止め、わたしを見つめて大きく微笑んだ」とエルゼは書いている。ケッペン家には色々な客が訪れた。そして食事中に、古気象学についてはもちろん、科学に関する広範な議論を楽しんだ。例えば、その昔氷河は、どこにあったのだろう？　砂漠があった証である砂岩や岩塩・石膏などの蒸発岩は、どこで見つかるのか？　熱帯雨林であったことを示す石炭の堆積層は、どこにあるか？　などなどである。こんなやり取りをしているときに、アルフレッドは大陸移動のアイディアを思いついたと思われる。

1909年、アルフレッドはマールブルグ大学の私講師になった。正規の給与は支給されず、収入と言えば、講義に出席する学生たちが払う聴講料と特別講義に対する謝礼だけである。彼の一般天文学、天体の位置測定、大気物理、気象光学などの講義には多くの学生が出席し、内容がよく分かると評判は上々であった。彼がマールブルグで執筆、初めて出版した「大気熱力学」（1911年）は、ドイツの大気物理学の教科書となった。

彼は、エリクソン探検隊員だったコッホが率いる新デンマーク探検隊に参加し、2回目のグリーンランド探検（1912～1913年）を行っている。これには彼が信頼する大学生ヨハネス・ゲオルギが付き添った。後にゲオルギは、ウェゲナー探検隊の首席研究員に任命される人物である。この探検で、アルフレッドは東海岸で越冬して気象データを収集する傍ら、4月には5頭のアイスランド・ポニー（注6）に5台の橇を牽《ひ》かせ、3名の隊員と共に氷冠を横断しようとした。万一に備え、少数の犬も連れていった。氷冠に到達すると、ポニーが雪盲になり、うち3頭は殺さねばならなかった。内陸部の新雪は柔らかく、ポニーの体重を支えきれない。雪靴を履かせたが、一歩進む毎に沈んでしまう。残ったポニーも倒れ、動かなくなったので射殺した。そこからは犬と人間が橇を牽き、西海岸を目指した。あと9・6キロの地点で食料が無くなったので、残った犬を殺し、その肉を料理した。偶然銃声を聞いたイヌイットに救出され、彼らの居留区に辿り着いたのは、6月中頃である。一歩間違えれば死に至る危険な冒険だった。「北極圏探検で、荷物を海岸から氷冠の頂上まで運び上げるのはポニーの役割だが、氷冠を横切るときには、基本的に犬を使うべきである」。これがアルフレッドの結論であった。

グリーンランドへ旅立つ前、アルフレッドはエルゼに求婚した。彼女が20歳、アルフレッドは32歳になっていた。彼がグリーンランドを探検している間、彼女はオスロへ行き、ノルウェーのある気象学者の家で家族と過ごした。子供たちにドイツ語を教えるかたわら、彼女はノルウェー語とデンマーク語を習得した。これは後にエルゼがデンマーク探検隊の報告書をドイツ語に翻訳するとき、大いに役立つこととなる。1913年、アルフレッドがグリーンランドか

アルフレッド・ウェゲナー（1880 − 1930）

ら戻ると2人は結婚した。幸福な結婚生活がその後17年間続く。最初の娘ヒルデが生まれたとき、第1次世界大戦が勃発する。ドイツ陸軍予備役将校であったアルフレッドは、直ちにベルギーへ出陣した。エルゼはこれを皮肉たっぷりに日記にしたためている。「彼は何度もこの大量殺掠という蛮行に苦しんだ。自分の部下を無理やり敵と戦わせるのだ。つい最近までその敵と、議論を交わしていたのに」

最初の戦闘でアルフレッドは肩に傷を負い、家族の元へ送られた。長女ヒルデが生まれて3日目である。2週間後にはもう西部前線の塹壕に戻っている。こんどは首に重傷を負った。病院で治療後、再び家に戻り、1915年の春まで休暇を取った。療養中も大陸移動の研究を続け、それを論文に仕上げた。これが1915年に出版された彼の著書「大陸と海洋の起源」(注7)である。軍務に戻ったアルフレッドは、陸軍の気象予報官としてドイツのミュールハウゼンへ赴き、ブルガリアのソフィアへ、後にエストニアへも転勤している。この間につむじ風や竜巻の新しい研究をした。退役後、マールブルグ大学へ戻るが、給料はわずかで、食料と燃料を賄うことさえ難しい。見通しは暗かった。その年、次女ケーテが誕生した。

退職する義父ケッペンの後任として、翌年、ハンブルグのドイツ海軍海洋気象台の理論気象学部門の部長となる。アルフレッドとエルゼがケッペン家の1階に越してきたので、老夫婦は2階へ移った。庭には果樹やスグリの灌木が植えてあり、子供たちの遊び場まである。戦役と耐乏生活の末に、うれしい変化が訪れた。1919年、兄クルツも、同じ気象台の部長になった。兄弟は次の5年間、一緒に働くこととなる。アルフレッドは気象台に勤める傍ら、新設のハンブルグ大学で講義も行った。そして月のクレーターの成因は、噴火ではなく隕石の衝突であるという論文を発表した。ハンブルグにいる間に、末娘シャロットが生まれている。

１９２４年、オーストリアのグラーツ大学は、アルフレッドが待ち焦がれた教授のポストを用意した。他の大学は、彼が探検で大学を留守にすることが多いと採用に及び腰であった。さらに彼の唱える大陸移動説が論争の火種となることを警戒した。その点、グラーツ大学は違っていた。

１９２０年代の初めドイツ国民は、世界でも類を見ないほど恐ろしいインフレーションに苦しんだ。パン一斤の値段が、１９２０年12月から１９２３年9月までに、2・37マルクから１５０万マルクまで跳ね上がると、人々はもうどうにでもなれという気分になった。１９２４年1月、通貨改革が行われた。海外からの投資がはじまると、ドイツ経済はよろめきながら立ち直った。次の5年で鉱工業生産は50パーセント成長するが、不況は続き、個人生活も回復しなかった。こんな経済環境で、研究プロジェクトの資金を得るのは不可能に近い。アルフレッド自身、もはやグリーンランド探検について何の期待も抱かなかった。

彼は１９２８年に、ドイツ人グループによるツェッペリン号の北極飛行計画に参加しないかという手紙を受け取った。当時の航空への熱狂ぶりを示すこの提案にも、アルフレッドは心を動かさなかった。目立つ宣伝より、氷冠の研究・調査の方がましだと考えていた。

一　第4次探検隊の準備

同じ年、ある科学財団の代表が訪ねてきて、グリーンランド探検を行わないかと問われたときは、驚いた。グリーンランドの氷厚を測るため、アルフレッドに夏の探検の指揮を執るよう要請したのである。財団のスポークスマンであるゲッチンゲン大学のマインアルドゥズ教授が「ドイツ科学研究助成互助会が資金を提供する」と伝えるや、彼はすぐに動いた。長い間、グリーンランド探検を諦めていたが、提案書に目的と必要条項を書きさえすれば、それが叶うのである。アルフレッドは、氷厚の測定以外にも重要な研究課題があると思っていた。グリーンランドの氷冠が気象に及ぼす影響を調べる唯一の機会である。研究内容を拡張し、提案書の中には、次のような計画が盛り込まれた。

一、三角測量で確認しながら高度計で内陸氷表面の標高を測定し、地震探査法を使って内陸部の数ヶ所で氷の厚さを測る。

二、内陸氷の重さが減ると、グリーンランドの陸地がどのように上昇するかを重力測定で確かめる。

三、氷冠の縁近くと内陸で氷のボーリング調査を行い、氷の内部温度の変化を記録する。

四、万年雪の密度と構造を観察する。

五、最初の1年間と次の夏季、北緯71度の3基地（西海岸、内陸中央部、東海岸）で毎日気象観測を行う。

これらの観測データは、年間を通じてグリーンランドの内陸氷上空の気象情報を初めて提供し、前年夏に観測した高気圧圏の断面構造の研究に役立つだろう。1913年に行った2回目の探検では、越冬した東海岸を除けば、夏だけの観測結果しか得られていない。ヨーロッパ人にとってグリーンランド上空の気象分析は、大いに価値がある。北部ヨーロッパの天候は、ほとんど北大西洋とグリーンランドの気象条件に左右されるからである。気象予報の精度が上がれば、北大西洋を航行する船もその恩恵を受ける。さらに言えば、前年リンドバーグが大西洋横断飛行に成功したばかりだが、大陸間を結ぶ定期飛行便がすでに計画されていた。北アメリカへ向かう飛行ルートのほとんどは、グリーンランド上空を通るので、このプロジェクトの重要度は極めて高い。大西洋の両岸諸国は、国際航空業界で自国を優位にしようとやっきになっていた。

氷河研究の本質は、氷河の成因とその形状の経時変化を調べることにある。氷河は長期・短期の気象変化の影響を受けて、成長・前進と融解・後退を繰り返す。ケッペンとアルフレッドは1924年に古気象学の本を出版し、その中でミランコヴィッチ・サイクル（照射曲線）（注8）を示した。アルフレッドが提案した調査・研究は、グリーンランド氷冠について基本データを提供し、氷河研究に新たな価値を加えるであろう。

彼は、1929年に予備踏査（第3次探険）を行い、これに続き16ヶ月に及ぶ本探検で気象学、測地学、氷河学のデータを収集するという基本企画書を作成した。請求費用は、合計50万マルク（当時の換算レートで12万米ドルに相当）である。ドイツ科学研究助成互助会は、予備踏査について、直ちに実施許可を与えた。彼はこの機会に、西部・東部の両基地の場所を選び、氷冠に至る氷河とその登攀ルートを見つける予定であった。また本探検に備え、犬やその餌、現地人の調達についてグリーンランドで契約を結ぶつもりでいた。この予備踏査は事前の気象観測や新しい測定器を試験するチャンスにもなる。1929年3月末、アルフレッドはヨハネス・ゲオルギ、エルンスト・ゾルゲ、フリッツ・レーヴェと共に「ゲルトラッド・ラスク号」に乗りグリーンランドへ向かった。登る氷河には条件がある。

一、崩壊の恐れがないゆっくり動く氷河。1912年のコッホに同行した探検では、氷河が崩れ、危うく死にそうになった。

二、端が海岸近くまで迫っている氷河。夏に岩場を越えて橇や装備品を遠くまで運ばなくてもよいからである。

三、勾配が緩やかで登攀ルートの近くに危険なクレバスがない氷河。などである。

候補は、西海岸のディスコ島の北隣、ウーマナク湾にあるウーマナク・フィヨルドとその海岸近くまで来ている氷河に絞られた。カマルユク氷河は、氷冠（高さ1000メートル）から全長4キロメートル延びており、海岸から300メートルの所で終わっている。氷河端と海岸の間には、堆石(注9)と砂石で覆われた平地がある。登攀ルートの途中に氷瀑(注10)がある。その上で氷河は大きくひび割れ、クレバスをつくっていた。こんな状況を目にすれば、登攀をためらう者も出るだろう。だが、代わりのルートを探す苦労に比べればましである。西基地は氷河の起点ヌナタータ山の麓近くのシャイデックに設けることにした。

ウェゲナー隊は、氷の表面強度を確かめるため、西岸から内陸に向け犬橇で数回往復した。地震学を応用して世界初の氷厚測定もした。西海岸から42キロメートル地点で得た1113メートルという値は、グリーンランドの氷厚を計った初めての記録となる。

「アイスミッテ」はグリーンランドの真ん中、想定される西基地から東へ400キロメートルの地点にある。東京から大阪までの直線距離が403・6キロメートルなので、ほぼ同じくらい離れていると考えてよい。アルフレッドは、1930年の本探検で必要な物資をアイスミッテまで運ぶ新たな方法を考えた。犬橇に加えプロペラ駆動のモーター橇を使うというアイディアである。極寒の極地でモーター橇を使うのは世界でも例がない。それが可能か否かさえ分からない。しかし、モーター橇には大きなメリットがある。冬の間もずっと餌を与えねばならぬ犬と異なり、休んでいるとき燃料はいらない。往復に必要な燃料さえあれば、アイスミッテまで重い荷物を短時間で運べる。彼の見積もりでは、犬橇で3~4週間かかる往復旅行は、モーター橇なら6日間で済む。極地の夏は短い。時間は最も重要である。モーター橇の試験は、探検の成否を握る鍵となった。橇はフィンランド国営航空機工場で準備された。元はと言えば、フィンランドの海岸から島までの海氷の上、あるいは湖の氷上運搬など、冬季の輸送用に設計されたものである。技術顧問ハンセンとモーター橇の組み立て責任者クルト・シフは、ヘルシンキ工場を訪れた。明るい赤色に塗装された橇は、大きな木枠に収められるのを待っていた。後ろにプロペラがついた小型飛行機の機体とよく似ている。機体はヒッコリ製の4枚の滑り板の上に乗り、運転するときには前方の滑り板が動いて、自動車のように進路を変えることができる。事前調査は終了した。

1929年11月、アルフレッドはドイツへ戻った。「探検は中止、もしくは少なくとも1年は延期」という衝撃的なニュースが飛び込んで来た。株式市場の暴落でドイツ経済がさらに深刻な状態に陥ったらしい。ベルリンに到着すると、ニュースは「暴落は短期」と変わり、株式市場も立ち直った。12月には探検用基金は最高額にまで回復し、1930年の初めには、グリーンランド探検に向けての準備が、全て整った。

アルフレッドは、隊員、物資や装備品を確保するため奔走した。モーター橇、無線機、写真用機材の購入は、ゲオルギとゾルゲに頼んだ。最も重要なのは、十分な能力と体力を備えた科学者や技術者を見つけ、採用することである。冒険にも怯まず、困難で危険な状況で重労働を惜しまず、不自由も、餓えも、寒さも厭わぬ隊員を集めなければならない。本来の担当業務を棚上げにして、氷上での運搬という過酷な作業を分担せねばならない。越冬中の氷冠で、自分

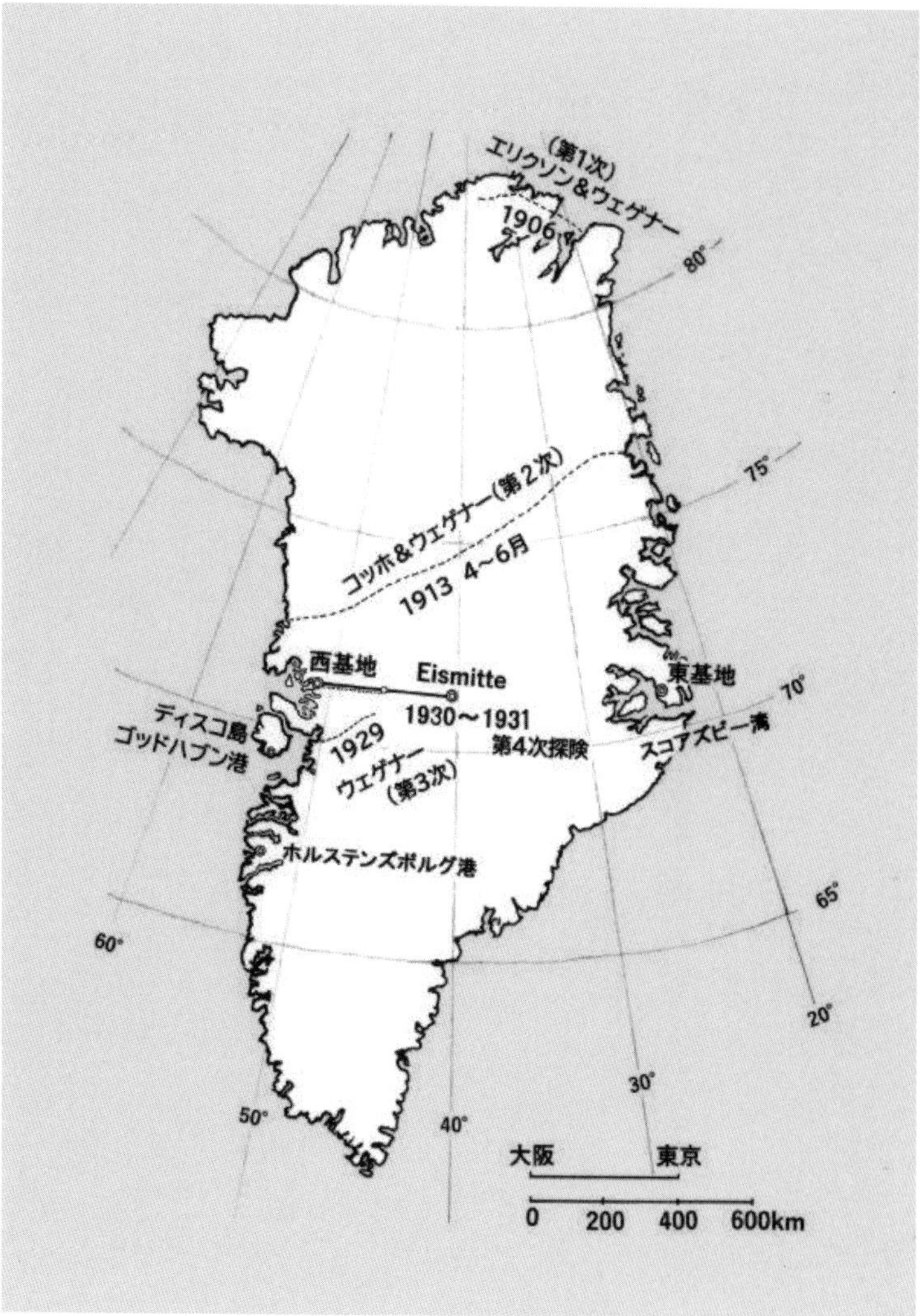

（第1次）
エリクソン＆ウェゲナー
1906
80°
75°
コッホ＆ウェゲナー（第2次）
1913 4～6月
西基地
Eismitte
東基地
70°
ディスコ島
ゴッドハブン港
1930～1931
第4次探険
スコアズビー湾
1929
ウェゲナー
（第3次）
ホルステンズボルグ港
65°
60°
20°
30°
50°
40°
大阪
東京
0
200
400
600km

グリーンランド全図

の命を落とすかも知れない。こんな条件にもかかわらず、多くの男たちが応募してきた。主な隊員だけをあげると、

○ヨハネス・ゲオルギ　アイスミッテ観測所長
　ハンブルグ海洋気象台気象学者
○フリッツ・レーヴェ　西基地の氷河研究　アイスミッテ越冬隊員
　ベルリン航空気象観測所
○エルンスト・ゾルゲ　西基地の氷厚観測　アイスミッテ越冬隊員
　ベルリンの中学校教諭
○カール・ヴァイケン　重力測定と測地　西基地の責任者
　ポツダム測地学研究所
○クルト・ヴェルッケン　西基地と氷冠における氷厚の測定
　ゲッチンゲン地球物理学研究所
○フランツ・ケンブル　無線電信士　モーター橇操縦　可搬型宿舎組み立て
○フーゴ・ユルグ　測量助手
　オーストリア・リンツ中等学校教諭
○マンフレッド・クラウス　無線電信士　モーター橇操縦　可搬型宿舎組み立て
○クルト・シフ　1930年夏のモーター橇の運搬と組み立て担当

ベルリン航空研究所　航空工学士
○ヴァルター・コップ　東部観測所長・気象観測
ドイツ・リンデンバーグ気象観測所
○ヴィグフス・ジグルドソン　アイスランド・ポニーの調達と調教
アイスランド人たちである。

アルフレッドは、過去3回にわたる探検を踏まえ、全ての計画を自分で立て、順を追って綿密にチェックした。エルゼは何か不吉なことが起きるのではないかと心配した。「彼の大きな目標に全員が従うだろうか？　一人の隊員のエゴイズムが周到な計画をすべてひっくり返し、全員の命が危機に晒されるようなことは起きないのだろうか？　私の心は打ち沈んだ」と日記に書いている。しかし彼を困らせてはいけないと、見送りの時に説得めいたことは一切言わなかった。

二　本探検隊の出発

必要な荷物は、2500個の木枠や袋、箱、樽などに納められ、合計98トンにもなった。アルフレッドがコペンハーゲンに到着すると、新たに14名が加わった。デンマークの大型貨物船「ディスコ号」は、隊員と全ての荷物を載せた。

1930年4月1日、船はコペンハーゲンを出航、アイスランドへ向かった。4月10日、レイキャビックでアイスランド人3人、それに25頭のポニーを乗せた。15日、グリーンランド西南部のホルステンズボルグに到着し、全ての荷物を陸揚げした。あとは流氷中でも動ける丈夫な小型船を待つだけである。

19日の晩「ディスコ号」よりはるかに小振りの「グスターフ・ホルム号」が到着した。船の隙間という隙間は、あっという間に積み荷で埋められた。灯油入りのドラム缶が船の石炭箱と一緒に置かれる。上甲板の空場所はガソリン缶で埋め尽くされる。その上に小型ボートが置かれ、中にまたガソリン缶が詰め込まれる。ダイナマイトとポニーの餌となる干し草が混載され、雷管が救命ボートを占有している。アルフレッドは日記に書いた。「我々はぞっとするほど危険な荷物を積んでいる。もし火事が起きれば一巻の終わり、ガソリンを捨てることなんかできっこない。ただ一つの慰めは、とても豪華で高額な火葬を拝めることだ」

ホルステンズボルグ港を出た船は、氷が開いた航路を北に取り、約160キロ離れたディスコ島のゴッドハブン港に着いた。住民たちは「まだ海氷が開いていないから、西海岸に沿って北へは航行できない」と警告した。これでは、カマルユク・フィヨルドに行くことも、そこで荷揚げをすることも、西基地設営のために氷河を上ることもできない。気温はマイナス16℃で、まだ雪が降りしきっていた。まだ春の兆しは見られず、アルフレッドはがっかりした。

4月30日に「グスターフ・ホルム号」はゴッドハブンを出航し、さらに北の陸氷の端まで進んだ。そこはウーマナク居住区から西に約10キロメートル離れていた。居住区からの犬橇が舷側まできたので、アルフレッドは探検隊の目的を説明する手紙を書き、居住区のリーダーに渡すよう頼んだ。2~3時間もすると、リーダーが船までやってきて「カマルユク・フィヨルドを閉ざしている氷が、まだケケルタート島の北側まで覆っている」と告げた。

アルフレッドは小型ボートに乗り、候補地に近い氷上のどこかに荷物を降ろす場所がないか探した。そしてウヴクシグサット居住区から約16キロメートル離れた場所を見つけた。「グスターフ・ホルム号」の乗組員たちは船をそこまで移動させ、氷の上に積荷を降ろし始めた。全ての荷物は、3日の間に居住民たちによって犬橇でウヴクシグサット近くの乾燥した大地に運び込まれた。

5月10日、「グスターフ・ホルム号」は、礼砲を放ち、別れの信号旗を掲げて出航した。アルフレッドは、探検隊のこれまでの進捗状況に満足していた。「私は、広々とした板敷のテントの中で、作り付け寝台を背に長持箱に腰を下ろしている。目の前に食卓があり、引出しには住人6人と客3人分のナイフ、フォーク、スプーン、コップが入っている。ヴィグフスは、真新しい石油コンロの上で、ペミカン(注11)で料理をつくっている。ストーブで暖もとれる。マットレス上には、干し草で一杯になった袋が積んである。その上には真新しい柔らかい羽毛(ダウン)の寝袋が置いてある。外はマイナス0・5℃だが、テントの中は極めて暖かい」

アルフレッドとゾルゲ、それにクラウスは、犬橇でカマルユク・フィヨルドまで偵察に出かけ、そこから西基地を設営する予定地に至る氷河を登った。フィヨルドの奥までの凸凹になった海氷を越え、シャイデックまでの急峻な坂を6・5キロメートルも登った。途中、大変だったのは、氷河が山の急斜面をまるで滝のように落ちる「決壊」と名付けた氷瀑を登るときである。後になって分かるが、全ての装置と備品を西基地まで運び上げるとき、もっとも大きな障害となったのがこの「決壊」である。

天候はいまだ回復せず、氷はまだ開かない。誰もがスケジュールの遅れを心配しながら、1ヶ月以上も待った。やらなければならぬことが山とあるのに、グリーンランドの短い夏が、為すすべもなく消えてゆく。この頃のアルフレッドは、しばしば「待機日」という文字で日記を書き始めている。

6月17日、小型のモーターボート「クラッベ号」をカマルユク・フィヨルドに降ろすことができるようになった。ウヴクシグサットからカマルユク氷河の端までは、26キロメートルあるが、モーターボートで往復すればよい。氷河端に着いた隊員たちは、ほっとした。しかし氷瀑の「決壊」を見上げ、さらにその上のクレバスを目にしたときには、ぞっとした。この「決壊」が、自分たちの前進を阻むのだと、気持ちが沈んだのである。隊員たちは、ピッケルとシャベルで「決壊」の氷を削り、何日もかけて道をつくった。ポニーがこの道を辿り、資材を西基地の予定地シャイデックまで運び上げ、そこから万年雪観測所「アイスミッテ」まで、3トンの資材と測定器を運ぶ手筈になっていた。「アイスミッテ」はグリーンランドの真ん中、西基地から東へ400キロメートルの地点にある。昼間は氷が融けるので、手作りの道は常に姿を変え

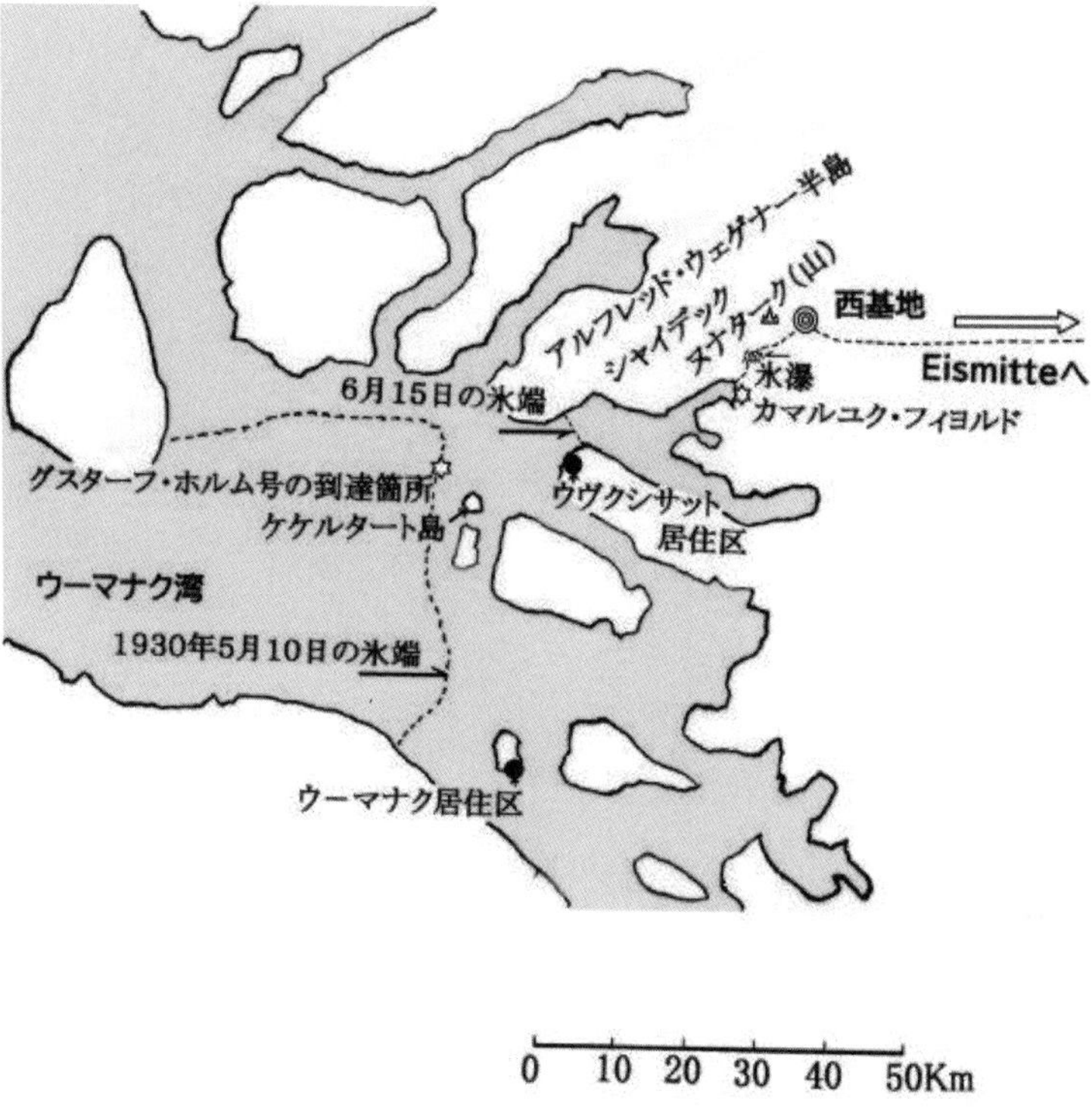
アルフレッド・ウェゲナー半島
シャイデック
ヌナターク(山)
西基地
Eismitteへ
氷瀑
カマルユク・フィヨルド
6月15日の氷端
グスターフ・ホルム号の到達箇所
ケケルタート島
ウヴクシサット
居住区
ウーマナク湾
1930年5月10日の氷端
ウーマナク居住区
0 10 20 30 40 50Km

ウーマナク湾詳細図

た。融解水流はますます深くなり、クレバスの幅は広がり、氷河の終端は常に後退した。貯蔵拠点が、ぬかるみに飲み込まれそうになる。毎日新しい溝を掘り、氷河からの融水を抜かねばならない。ある日、荷物を背負ったポニーが、滑ってクレバスに落ちて死んでしまった。そのお蔭で、コペンハーゲンを出発してから初めて、隊員たちは新鮮な肉に在り付くことができた。

2台のモーター橇は重すぎて、犬橇では運べない。大きな木枠ごと橇に載せ、なだらかな氷の斜面をポニーが牽いた。急勾配の「決壊」では、手動ウィンチとケーブルで引っ張り上げた。高さ900メートルの氷の頂まで引っ張り上げるため、ウィンチの場所を16回も移動させた。

物資の輸送が、何週間も続いた。働くのは夜間で、寝るのは日中、しかも暑いテントの中である。計画に比べ輸送が38日も遅れているのに、やることは山ほどある。まず全ての荷物をシャイデック・ヌナタークの氷河上まで運ぶ。次に、男3人がアイスミッテで越冬するのに必要な物資を確保するため、橇旅行を少なくとも3回行わねばならない。西基地で10人の男たちが冬を越すため、宿舎兼研究棟用の建物を組み立てる必要もある。寝棚、テーブル、料理や食事のための台所道具、食料、料理・暖房用の灯油、測定器、爆薬、その他何百という荷物が西基地まで運ばれた。運搬が終わるとポニーは畜殺されることになっていた。冬を越すだけの干し草はなく、ポニーの肉は人間と犬の食料になるからである。そのあとの観測機器や食料の移動は難しい。

氷上の道が溶けて危なくなった。氷河に平行する代わりの道を堆石上につくった。急勾配だが、運搬は楽になった。6月の中旬以降、「決壊」を越える必要はなくなった。必要な資材はすべて西基地まで運び上げられた。ゲオルギ、ヴァイケンとレーヴェは、アイスミッテまで運ぶ資材や測定器の荷づくりを始めた。

三　第1次犬橇隊の悪戦苦闘

西基地では出発を前にして、第1次犬橇隊（ゲオルギ橇隊）がいかに荷物を減らすかという問題に直面していた。ヨハネス・ゲオルギ、フリッツ・レーヴェ、カール・ヴァイケンそれにグリーンランド人8名が11台の橇に分乗する予定である。ゲオルギとレーヴェは、自分で橇を操ることができたが、ヴァイケンにはそれができない。グリーンランド人たちは、「荷物が多すぎる。装置を230キログラム分減らすべきだ」と言い張った。運ぶ荷物は合計955キログラムまで減らされ、これを犬の頭数に比例して各々の橇に割り当てることにした。こんな旅行を3回繰り返しても、冬までにアイスミッテへ運べる資材と機器は高が知れる。わずか285キログラムである。グリーンランド人たちはまだ荷物が重すぎると言ったが、出発に合意した。

7月14日、予定より遅れ、680キロまで減らされた荷物を積んでゲオルギ橇隊がアイスミッテに向けて出発した。3人の男が越冬するためには、同じ規模の旅を5回繰り返し、合計約3400キロの物資と測定器を運ぶ必要がある。午後5時、雪混じりの霧雨の中、旅が始まった。6時間半かけて、20キロメートル進むことができた。時速わずか3キロメートルである。豪雨の中でキャンプした。雨は翌日の昼まで止まなかった。覆いのない箱は、中身まで濡れてしまった。夜中も明るいので、夕方また出発した。視界は悪く、雪はぬかるみ、進行は捗らなかった。犬たちが疲れてきた。グリーンランド人たちは、食べ物が足りないと不満をもらし始めた。スープを増量するためにペミカンが加えられ、これは犬の餌にも使われた。進むにつれ気温が下がり、雪が堅くなった。これで旅は少し楽になり、1日あたり25キロメートル進めるようになった。

旅の5日目に、100キロメートル地点を通過した。さらに旅を続けるためには、何の変哲もない氷冠に、何か道案内になる物をつくる必要がある。1台の橇には自転車の車輪と同じサイズの走行距離計が取りつけられている。500メートルごとに黒い旗を立て、5キロメートル進むごとに雪のケルンをつくり、道案内とした。犬橇隊は距離計とコンパスを見ながら、ケルンを設置し、そこへ突き刺した棒には、長方形の大きな黒い布が取り付けられた。

グリーンランド人にとって、冬の氷冠は恐ろしくて近づき難い場所である。彼らは一つのフィヨルドから別のフィヨルドへ移るときに半島を横切る。陸地を移動するのは、そのときだけだ。問題は、遠くまで氷冠を歩いたとき、家に戻るすべがないことである。特に霧や吹雪に遭遇したとき、グリーンランド人たちが旅を続けるようにいつも説得せねばならなかった。

協議をしていた彼らがゲオルギに「今こそ西海岸へ戻るべきだ」と告げた。隊員たちは、誰がアイスミッテまで一緒に来てくれるか、誰が中間地点で帰るのかを見極める必要があった。予定より積み荷を減らし、「不承不承グループ」が「やる気グループ」に悪い影響を与えないよう、グリーンランド人を2つのグループに分けた。隊員たち3人は、昼も夜も「やる気グループ」内に留まり、もう1つのグループと話をしないようにした。結局「不承不承グループ」の心は離れていく。

7月22日、犬橇隊は200キロメートルの中間地点に到着した。これだけ配慮したのに、「やる気グループ」の全員が直ちに家に帰りたいと告げた。その理由は「これ以上進めば息ができなくなる、犬たちが衰弱すれば、自分たちが歩かねばならない」である。ドイツ人3名だけで全部の橇を操ることはできない。長い説得と交渉が続き、「やる気グループ」がしぶしぶ同意した。「不承不承グループ」は、レーヴェが西基地まで同行することを要求した。氷冠での移動経験がない彼らには、道案内が必要だったからである。

橇の荷をさらに軽くする条件で、3人のグリーンランド人が旅を続けることに同意した。貴重な測定器が中間点にしまい込まれた。大幅な変更だが、アイスミッテを諦めて、西基地へ戻るよりはマシである。

30日、一行はアイスミッテ設置点に達した。全行程にケルンをつくり、道に迷うことなく目的地まで到着できたので、グリーンランド人たちも少し信頼するようになる。

31日、氷上の百葉箱に温度計と気圧計が入り、アイスミッテでの気象観測が始まった。次の日、ヴァイケンと3人のグリーンランド人は西基地に向けて出発した。ゲオルギはただ一人、唯一の避難所であるテントに残り、気象観測の記録を取りはじめた。天候は晴れ、静かだった。太陽が輝いている間は、テントは温室になる。彼の最初の仕事は、氷を掘り進め、その下に部屋をつくることだ。気圧計をより安全な部屋に入れ、表面下の氷の温度を測定し始めた。夜間の気温がマイナス23℃になると、時計仕掛けの記録計が止まってしまった。修理する度に動き始めるが、このへそ曲がりの時計は、その冬を通じて何度も問題を起こした。ゲオルギは外へ出るたびに西方を見つめ、第2次犬橇隊が現れるのを待った。

8月2日、西基地のアルフレッドはカマルユク・フィヨルドを下り、ウーマナク・フィヨルドの端にあるウーマナク居住区まで出向き、アイゼン、ミルク、ドライフルーツ、小麦粉、それに2000本のたばこを仕入れた。その日彼は、スコアズビー湾に設営する東基地の責任者ヴァルター・コップから一通の電報を受け取った。電文には「東海岸の海氷が割れるのをまだ待っている。東基地の設営予定地に到達していない。設営は予定よりかなり遅れる」とある。遅い春のために海氷の解凍が遅れたが、冬の嵐は9月前に来るかも知れない。夏が過ぎてもアイスミッテはまだ設営中である。彼は心配になった。

8月5日、アルフレッドの肌着にシラミが見つかった。グリーンランド人と過ごす以上、シラミもうつるだろう。彼は、決して怒らなかったし、自制心も失わなかった。ただ、日記に不満をぶつけた。「今日は、ひどく落ち込んでいる。運に見離されたみたいだ。輸送も捗らない。気が滅入る原因は、今朝見つけたシラミのせいだろうか？　一日中忙しく、洗濯と衣服の煮沸、

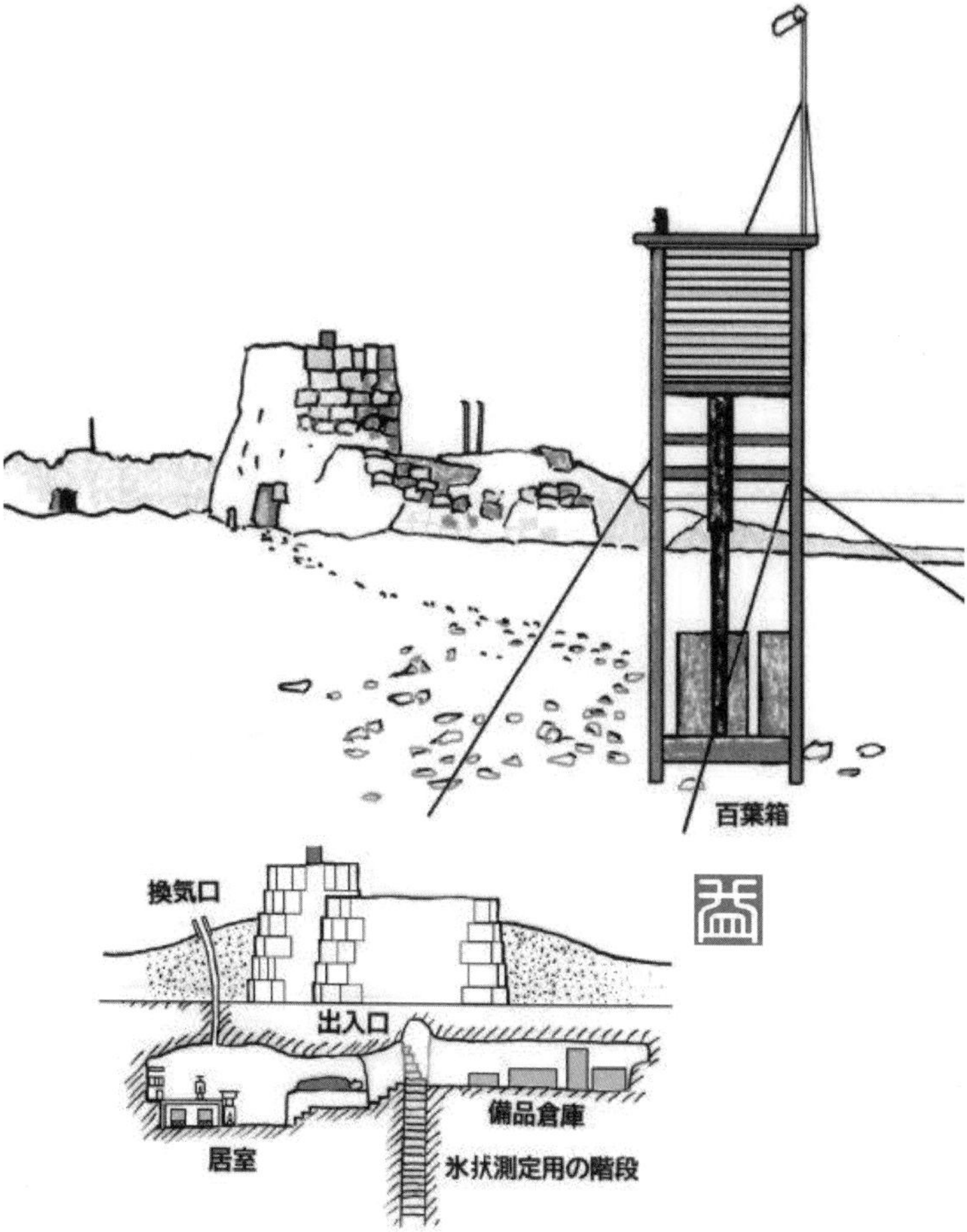

アイスミッテ基地とその断面図

ベッドづくり、ガソリンで体を拭き、殺虫剤の散布をしたが、好転の兆しは、まるで見えない。今は真夜中、太陽が地平線のはるか下に沈み、あたりは一段と暗くなった。粗末な装備で、我々は冬を迎えようとしている。もし冬が早く来れば、間違いなく失敗に帰するだろう」

隊員たちの中に病人が出始めた。リッセイは、打ち身が原因で坐骨神経痛になったらしい。ヴァイケンは疲労のあまり、仕事を休まねばならなかった。ヴィグフスはリューマチにかかり、アイスランド人のジョンは、胃潰瘍になった。隊員の中に医者はいない。アルフレッドは心配した。「我々の前途に暗雲が立ち込めた。しかし、全てがうまく行くと思って、働き続けねばならない。仲間たちはすでにぐったりしている。今が一番難しい時だ。これをどのように乗り切るか？　それが問題だ。シラミを見つけてからというもの、状況はますます悪くなった。シラミを見つけてからだ！　それ以前は、快い睡眠を取ることさえできたのに」

8月18日、アイスミッテのゲオルギは、地平線に小さな点を見つけた。1時間半後、レーヴェと5人のグリーンランド人が910キログラムの資材と測定器、それに手紙を携えて到着した。仲間の来訪に、ゲオルギは胸を躍らせた。アイスミッテは稼働し始めたが、資材は予定より遥かに少ない。

19日、レーヴェ隊が西基地に向けて出発し、再びゲオルギは独りぼっちになった。2〜3時間後、イヌイットのラスムス・ヴィルムセンが、レーヴェの忘れ物である寝袋を取りに戻った。

もし気付かなかったなら、彼の命は危なかった。

ゲオルギはアイスミッテの住み心地の改善とデータの収集に没頭した。朝7時40分になると、その日の気温、気圧、風速と風向き、湿度の測定を行った。テントに戻って朝食を済ませ、午前中は時計、カメラのシャッター、風速記録計の修理にかかり切りとなる。機器のほとんどは、氷冠の温度で動作させる前に調整が必要である。残りの時間で雪洞を掘った。午後9時までに気温はマイナス29℃まで下がるので、1リットルのペミカン・スープをすばやく飲み込み、トナカイの皮製の寝袋に潜り込んだ。

8月20日までに、カマルユク・フィヨルドの備蓄拠点の物資は残り僅かとなった。ほとんどの荷物は、氷河の頂上に設けられた西基地の新貯蔵場に運び上げられた。冬用宿舎は組み立てるばかりである。心配事はまだあった。ジョンの病状が悪くなり、血を吐くようになった。追加の干し草が到着したが、まだ十分に乾燥してないので、直ちに俵から出さねばならない。俵の中で草が腐り始めると、押し固まってしまう。それらを地面に広げて乾燥させた。ポニーはいつもの草だと勘違いし、よく食べた。

8月の末、西基地から楽天的な気分が消え失せた。アイスミッテへ物資を届けてきた第2次犬橇隊は、現地の気温がすでにマイナス35℃に達したことを告げた。そんな中、モーター橇の組み立てが終わり、エンジンが動いたというニュースに、隊員は大喜びをした。試運転はまだだが、アイスミッテへの輸送量は急増するはずだ。いまや宿舎の組み立てとアイスミッテ向けの輸送を待つばかりである。何トンという資材を氷河の頂上まで運び上げる仕事もついに終わるかも知れない。冬用宿舎の組み立てが始まった。ガソリンの備蓄拠点も氷冠へと移された。西基地の設営は、もはや申し分がない。だが西基地からアイスミッテまで4トンの測定器と400キロの食料と燃料を運ぶのは、人の重労働だけではどうしようもない。更なる犬橇旅行が出来るか否か、予定の14日間でアイスミッテまで行けるか否かを、予想のつかない天候が支配していた。

《グリーンランド氷冠の中央に気象観測基地を新設する》という主目標の達成が、危うくなってきた。アイスミッテ設営チームは、距離と天候と標高と戦いながら、次から次へと押し寄せる難関を克服せねばならない。最良の天候が続いても、犬橇で測定器と資材を400キロメートル運ぶには通常、2週間は必要である。1日平均29キロメートルを進むのに、人間と犬は莫大なエネルギーを必要とする。さらに往復旅行には食料やテント、寝袋が必要である。アイスミッテまで運べる荷物には限りがあった。道に沿って備蓄拠点がつくられたが、これは復路の橇隊が雪あらしで立ち往生したときの非常用備えである。アイスミッテではモーター橇が〝犬橇を補完する以上の役割〟を果たしてくれることを期待していた。

標高は、西基地の920メートルからアイスミッテの3000メートルまでだんだん高くなる。少しずつ登ることが、最も耐えがたい苦痛に変わる。次第に薄くなる空気が、長くて辛い旅が与える疲労のように男たちのエネルギーを、気付かないうちに奪ってしまう。

前年のグリーンランド予備踏査で、アルフレッド、レーヴェ、ゲオルギは、中間地点まで犬橇旅行を2回繰り返した。このときの経験から彼らは、20台の橇を使って犬橇旅行を3回すれば3180キログラムの資材を運搬できると見積もった。残りはモーター橇で運べばよい。その後、現地組み立てのプレハブ越冬小屋と料理・暖房用灯油が追加され、アイスミッテに必要な物資は、3640キログラムにまで増えた。冬の到来は誰にとっても辛いが、追加分はモーター橇に頼らざるを得ない。

9月13日、ゾルゲ、ヴェルッケン、ユルグとグリーンランド人7名からなる第3次犬橇隊が、西基地からアイスミッテまで1530キログラムの資材を運んできた。積み荷は、食料、燃料、より精度の高い測定機器である。これ以降の犬橇旅行は計画になかった。冬の嵐はまさに始まろうとしている。そもそもの計画では、モーター橇が4トンの資材を運ぶはずだった。特に灯油、氷厚測定の地震探査用爆薬、冬小屋、無線機、測定器などが必要だ。モーター橇は西基地で組み立てを終えたが、まだ試運転中である。もし冬が遅れ、運が良ければ、10月にもう1回犬橇旅行ができるかも知れない。

ゲオルギとゾルゲは最後の橇旅行を想定して、優先順位の付いた必需品の一覧表を作り、西基地のアルフレッドへ知らせることにした。計画の灯油64缶は、27缶に減らされた。10台の犬橇にとって大量の灯油、それに冬小屋は、あまりにも重すぎたからである。無線機と科学用測定機器は、もはや諦めざるを得ない。

無線機の優先度は、繰り返し議論されたにも拘わらず、驚くほど低かった。冬の北極圏で無線機を使った隊員もいない。機器の調子が低温で狂うことはよくあった。突然使えなくなるような無線機なら、無い方がましである。もし通信が途絶えると、アイスミッテで何か深刻な事態が起きたと誤解され、真冬に西基地から救出隊を出すことになるかも知れない。救出隊の命を危険にさらすことになる。それに1930年当時の無線機は、かなり重かった。橇の荷を少しでも軽くせねばならない。これらが判断を誤らせる大きな障害になった。アイスミッテへ最優先で持ち込むべき物は、燃料、食料、地震探査用爆薬、それに基本的な気象観測用機器となった。ゲオルギは手紙を書いた。

アイスミッテより　1930年9月14日

親愛なるアルフレッド

我々は昨日アイスミッテに到着した。できるだけ元気で陽気に振る舞うように心掛けている。1530キログラムの荷を全て解いた。食料は、男2人で10～11ヶ月、3人なら7ヶ月もつだろう。もしここで3人が越冬することになれば、赤箱3個と追加分2個が必要だ。燃料も十分ではない。1日に3・3リットル使うとすれば、1缶で10日、3缶で1ヶ月、27缶で9ヶ月しかもたない。だからあと17缶（重さ682キログラム）が必要だ。

モーター橇がまだ到着しないので、危機的な状況になった。たとえ組み立て式の冬小屋が到着しなくても、我々2人はここで越冬することに同意する。ただし次の条件付きだ。10月20日までに20缶の燃料、掘削道具、雪バケツ、備品入りのリュックサックが必要である。爆薬、地震探査用測定器など他の必要品一覧表が続き、こう締め括ってあった。

もし10月20日までに、これらの物資が届かなければ、あるいは絶対に届けるという知らせがなければ、その日のうちに手橇で出発するつもりだ。いずれあなた方がモーター橇で到着し、すべての問題が解消されることを、我々は願っている。

全員によろしく　ゲオルギとゾルゲ

9月14日、この手紙を携え、ユルグとヴェルッケン、それにグリーンランド人たちは西基地に向けて出発した。アイスミッテに残った2人は、第4次犬橇隊が来ることを祈り、部屋を広くするため、氷を掘り続けた。

10月の第1週、天候が変わり始めた。第3次犬橇隊がまだ西基地へ到着していないのではないかと心配になる。

10月10日、気温はマイナス46℃まで降下した。遅い冬を願っていたが、むしろ早まった。こんな天候では、犬橇隊がアイスミッテへ来ないかも知れないと思い、歩いて西基地まで帰る訓練を開始した。予定の荷物を運ぶためには、手橇にもっと長いブレード（滑走部）を付ける必要がある。なけなしのスキーを橇に付けることにしたが、その代わり、西基地まで雪靴で歩き、橇を引かねばならない。ゲオルギは、1929年の偵察旅行でこの経験をした。犬橇旅行より疲れるが、ともかく西基地まで辿り着くことはできそうだ。

氷の部屋に落ち着いたゲオルギとゾルゲは、かなり快適で、換気を最少にすれば暖かくなることを知った。いろいろ換気を試しているうちに、天井の氷を融かさず、しかも通気口から煙を十分排出できる気流をつくる最適温度が見つかった。冬小屋ならもっと暖かいのだろうが、多くの燃料を消費する。

必要な燃料を計算し直してみた。かなり少ない灯油で凌げそうである。注意深く食料と燃料を管理すれば、ここで越冬できるかも知れない。冬のブリザードのなかを歩いて西基地まで戻るより、アイスミッテに留まる方が、危険は少ない。たとえ10月20日までに、追加の補給がなくてもアイスミッテに留まろうかと考え始めた。もしアルフレッドがここにいれば、もちろんこの案に賛成するだろう。今となってはこれを彼に知らせる手立てはない。

もしアイスミッテを去れば、年間を通してグリーンランドの気象観測を行うという大目標を捨てることになる。探検隊の誰もが、このプロジェクトに責任を感じ、隊長を尊敬していた。だからこそアルフレッドを失望させたくなかった。ゲオルギとゾルゲもまた責任ある科学者であり、探検の成功に賭けていた。さらにこの2人は、アルフレッドが経験豊かな隊員の自由裁量を信じ、結果はどうなろうともその判断を尊重することも知っていた。アルフレッドはつねづね「予想と違う事態では、当事者が計画を変更してもよい」とまで言っていた。

四　モーター橇の挫折

1ヶ月半ほど前の西基地である。

8月29日、西基地では2台のモーター橇がテストを受けるばかりになっていた。洗礼式で、シャンペン代わりの雪玉を浴びて「雪雀」、「北極熊」と命名された。期待は大きかった。乗員は強風から守られ、想定速度は犬橇より遥かに速い。橇の胴体は、2人の男とテント、乗員の食料を含め400キログラムの荷物を運べるように設計されている。ハンドルを切れば、簡単に進行方向が変わる。

荷物を満載したモーター橇に、最初のテストが行われた。アルフレッドとシフは「雪雀」に、ケンブルとクラウスは「北極熊」に乗った。しかしすぐ問題が起きた。橇が止まる度に走行部が凍り付き、それを剝がさねばならなかった。止まっている間は走行部の下に板を敷くことで、この問題を解決した。最初の24キロメートルで黒旗を見失い、道に迷った。羅針盤が示す方角と推定距離を頼りに、燃料補給地点を見つけようとした。斜面をジグザグに動くので、この方法はあまり当てにならない。モーター橇のパワーが足りない。上り坂に雪の吹き溜まりがあると、突っ切ることができない。強い向かい風や濡れた雪が、橇の行く手を遮った。日が暮れたので、諦めて西基地へ帰った。

9月2日、2度目の試験が行われた。天候は晴れ、一行は24キロ・ケルンに到達し、破れた黒旗を交換しながら帰途についた。特に東向きの上り坂を進むとき、モーター橇は風に弱い。3度目の試験は、悪天候のため中止した。

5日、クラウス、ケンブル、シフそれにグリーンランド人が4度目の試験を行った。速足で歩くほどのスピードだったが、48キロ・ケルンを過ぎると、時速は約24キロに上がった。氷河の勾配が少しなだらかになり、雪も堅くなったからである。いまいましいことに、穏やかな風、乾いた雪、緩やかな坂などの好条件が揃わないと、橇は動かない。悪天候での橇旅行はもはや不可能である。「良好な天候の時のみ使える。しかもスピードを落とす必要がある」。これが彼らの結論となった。

9月12日 アルフレッドは、氷河後退の観測など最後の記録を日記に残した。

4度目のモーター橇旅行は、アイスミッテまでの道沿いに燃料と食料の補給基地をつくることに専念した。どちらの橇も、西基地から200キロメートルにある中間地点に到達するのに1週間もかかった。蓄えられた荷物は、ストーブ用石油、モーター橇用ガソリン、アイスミッテ用冬小屋、測定器、台所用品である。全部合わせて、およそ1230キログラムの資材が、中間地点わきに積み上げられた。

この週のうちに「低温では燃料系とキャブレター（気化器）が凍り付いてエンジンがかから

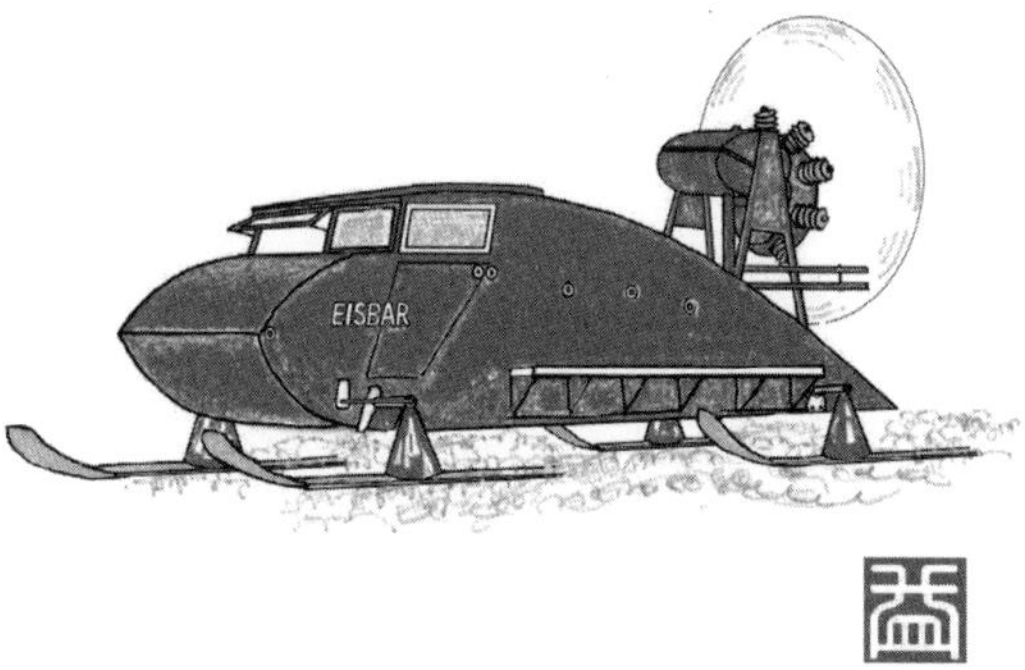

プロペラ駆動のモーター橇「北極熊」

なくなる」「燃料漏れが起き、紐やテープ、針金などで修理せねばならない」など、運用上の問題点も見つかった。燃料貯蔵地点から離れたところでの燃料漏れは深刻である。橇が立ち往生する様を思い、彼らはぞっとした。

17日、モーター橇隊は西基地を出発、再びアイスミッテを目指した。暗くなる頃に中間貯蔵地点に到達した。そこでアイスミッテから戻ってきたユルグ、ヴェルッケンの犬橇隊と出会った。全員が200キロ・ケルンで野営した。彼らは、モーター橇隊が、翌日アイスミッテに到達できるかも知れないと話し合った。モーター橇でアイスミッテまで往復し、全ての資材と燃料を運ぶ計画まで立てられた。

ところが次の日、降雪で先がほとんど見えない。黒旗が見えなければ、すぐ道に迷ってしまう。クラウスたちは、天候の回復を待つことにした。犬橇隊は、降雪の中を西に向けて出発し、問題なく基地へ戻った。その日のうちに天候はさらに悪くなった。2時間も経たないうちにテントが吹き飛ばされ、雪に埋もれたモーター橇を掘り出さねばならなかった。テント内の換気が不十分なため、湿気が充満した。瞬く間に、テント、衣服、寝袋が全てびしょ濡れになってしまった。夕方、嵐が収まった。空が晴れそうなので、翌朝の出発を期待した。

19日、エンジンを暖めているうちに丸一日が潰れてしまった。20日は、凍り付いた走行部を掘り出し、橇を動かすのに費やされた。2500メートルの高地での重労働で、夕方には全員が疲れ切っていた。23日、またもや雪と霧が行く手を遮り、安全な旅行ができなかった。ついに冬の嵐が到来し、しかも居座りそうである。食料が底をついたので、200キロ・ケルンに備蓄してある食料の緊急分を使い始めた。

24日、嵐が弱まり、再び前進を試みた。エンジンはかかったが、深い新雪と強風のため、重い荷物を積んだ橇は動かなかった。エンジンを全開させ、人が押しても、橇はびくともしない。ここに至り、モーター橇でアイスミッテまで行くことは諦めざるを得なかった。探検隊にとって最悪の決断となる。モーター橇から全ての資材、装置、測定器を降ろし、そこに積み上げた。荷を軽くしてでも、アイスミッテまで運ぶべきだったかも知れない。一行は、アイスミッテから2～3時間の所にいたからである。

モーター橇は、隊員と僅かな食料だけを乗せて西基地へ向かった。西基地からちょうど39キロメートル地点で、「雪雀」のエンジンが過熱し、動かなくなった。4人の男は「北極熊」に乗り移った。第3次犬橇隊が残していった怪我の犬も乗せた。2時間以内に西基地に到着できるかも知れない。次の日「北極熊」は、「雪雀」を修理するため戻ってくる予定だった。しかし僅か8キロメートル進んだだけで、「北極熊」のエンジンも焼き付いた。テントを張り、夜明けを待った。ペミカン以外に食料もない。タバコもない。みじめな夜がやってきた。

五　第4次犬橇隊の出発

詳しい状況が分からぬまま、アルフレッド・ウェゲナーは15台の橇からなる第4次犬橇隊

（ウェゲナー橇隊）を、アイスミッテへ送る準備をする。第3次犬橇隊が、9月20日より前に西基地に戻るとは思えない。それに第4次犬橇隊に必要な数の橇と犬がまだ揃わない。

アルフレッドはもっと犬が欲しかった。橇1台につき8～9匹の犬を充てるとして、15台の橇には約130匹の犬が必要となる。近隣のグリーンランド人は、自分たちの犬を1匹当たり5クローネで貸し、もしその犬が旅の途中で死んだときには15クローネを払う条件で同意した。犬橇を操るグリーンランド人は、休憩時に1日当たり3クローネ、走行中は4クローネ、状況が極端に悪化したときにはもっと払うことで手を打った。アルフレッドは、カール・ヴァイケンに代わって自ら第4次犬橇隊の指揮を執ることにした。物資輸送にかかわる重要な決定は、自分自身で下したい。

ヴァイケンと隊員たちは「第3次犬橇隊の帰着を待たず、直ちに出発する」とまで言った。結果から言えば、吹雪が来る前に、少しでも物資をアイスミッテまで運べばよかったのだが。隊員たちは9月20日までに西基地に全ての物資、橇、犬を集めた。犬にカミクスを履かせる必要もある。カミクスとは、帆布やアザラシ皮でつくった足袋である。

21日の早朝、西基地にいた100匹の犬全てが、何かを恐れるかのように、遠吠えを始めた。第3次犬橇隊が西基地に戻った。アルフレッドにゲオルギとゾルゲからの手紙が渡された。そこには、ウェゲナー橇隊が最優先で運ぶべきリストがあった。カマルユク・フィヨルド海岸から西基地に運び上げねばならない物まであり、出発が1日遅れた。

9月22日、アルフレッド率いる第4次犬橇隊は、アイスミッテに向かった。夜までに17キロ・ケルンまで進んだ。最初の夜は、立ち往生しているモーター橇の近くで野営した。彼らから3キロメートルの場所なので、キャンプの灯りが見えた。

翌朝、両橇隊が出会った。アルフレッドにモーター橇不調の顛末が報告された。クルト・シフは「モーター橇が期待通りに動かなかったことを知っても、アルフレッドには驚く様子がなかった。彼はモーター橇の故障をすでに予期していたかのように見えた」と記している。アルフレッドは失望していただろう。しかし、これを隊員たちには気付かれたくなかった。彼は、中間地点に到達したら、貯蔵品の中から優先度の高いものを選び、橇の積み荷と取り換えることにした。

24日の翌朝、低い層雲が現れ、吹雪が近いことを知らせた。ウェゲナー橇隊はアイスミッテを目指し、出発した。新雪のため、最初の数日間はあまり進めなかった。御者と犬にも食料は必要である。2日間も続く濃霧と豪雪の中、夜間は橇とテント、犬に覆いをかけた。彼らはようやく西基地から50キロメートルまで来ることができた。

この間、モーター橇隊は、「北極熊」を始動させようとした。2~3分でまた停止した。モーター橇を西基地まで帰還させる計画も、完全に諦めざるを得ない。「北極熊」から、北極圏の救命ボートとなる緊急用手橇を引っ張り出した。柳の枝製の橇に1つのテント、寝袋、携帯用石油ストーブを積み、31キロメートル先の西基地を目指してそれを牽いた。夜の帳《とばり》が降りる頃、一行はクレバス地帯に差し掛かった。危険な横断を避けるため1泊することにした。食料といえば、2個の堅いパンと2〜3個の角砂糖、アルフレッドがくれたチョコレート・ケーキの残り1個だけであった。

翌朝、新たな猛吹雪が来襲、旗が全く見えなくなった。コンパスを頼りに進むうち、クルト・シフがクレバスの中に落ちた。すぐ助け出したが、一行は極めて危険な状態にあった。テントを張り天候が回復するのを待った。腹を空かせた男4人と1匹の犬は、ただ1つの非常用テントの中にうずくまった。目的地からわずか30キロメートルの地点で、吹雪が荒れ狂う中、食料も燃料も尽きた。

3日目に雪あらしが収まり、氷冠の端の山が見えるようになったので自分たちの位置を確かめることができた。クレバスに落ちぬようロープで結びあい、一行は再び西へ向かう。空腹のあまり、体力がなくなり、なかなか進めない。

9月27日、ついに一行は西基地へ戻ることができた。冬の間、2台のモーター橇は放置され、すべての努力は水泡に帰した。アイスミッテへ物資を運ぶチャンスは9月の中頃までだ。9月もほぼ終わり、犬橇隊を3度繰り出しても、グリーンランドの真ん中で2人の男が越冬するのに十分な物資は運べない。

アイスミッテへ向かうウェゲナー橇隊にも、凍り付くような強風と地吹雪が襲ってきた。27日の夜、気温はマイナス27℃まで降下した。その晩、グリーンランド人全員が1つのテントに集まった。何かの前兆である。朝になると彼らはアルフレッドのテントに来て、黙ったまま座ってタバコをふかし始めた。しばらく沈黙していたが、やがて代表者が「全員家に帰りたい」と告げた。続けて、「防寒服を十分に待っていないので、病気になる。自分たちの橇は、柔らかい雪の上を滑るのには、やはり重すぎる」と言った。アルフレッドたちもイヌイットと同じ服装をしているので、彼らの言い分をそのまま飲む訳にはいかない。一方、レーヴェは「グリーンランド人の立場に同情を禁じ得ない」と日記に書いた。ほとんどのグリーンランド人はトナカイの皮製の寝袋を持っていない。こんな低温では、もっと重装備が必要だ。もうこの天候に負けそうだ。さんざん議論を重ねた結果、増額する条件で4人のグリーンランド人がアイスミッテまで同行することに同意した。

15台で出発した橇も今や6台になり、ドイツ人2名とグリーンランド人4名だけが残った。橇9台分の荷を減らすため、丸一日かけて、荷造りをし直した。残った荷物は、雪のケルン近くの道の傍らに積み上げられ、その位置が日誌に書き込まれた。

9月29日、彼らは1800キログラムの荷物を69匹の犬に牽かせ、再びアイスミッテを目指す。気象条件は、日中の気温がマイナス10℃、微風と、旅行するには理想的である。少し霧が出てきたが、すべての黒旗を見つけることができた。それも地吹雪で駄目になった。先へ進む度にケルンを修復し旗を高くした。

10月１日、１２０キロ・ケルンまで到達した。４人のグリーンランド人たちがまた家に戻りたいと言ったが、説得され旅を続けることになる。翌朝、濃霧と雪のために一行は進むことができなかった。そこに１日留まった。また荷を軽くし、残りをケルンに置いた。中間地点に保管されている暖房・料理用の灯油だけは、どうしてもアイスミッテへ運ばなければならない。

３日、必要なものを除き、手ぶらで出発した。天候は穏やかだが、行く手を深い新雪が阻む。夏なら重装備でも１日当たり35キロメートルは進めるのに、今は15キロメートルがやっとである。このペースではアイスミッテへ到達するまえに、食料がなくなる。アルフレッドとレーヴェは議論を重ねた。10月６日までに事態が好転しなければ、旅行を中止するという結論に至る。

５日の晩、深雪を掘り進むのに疲れ切ったグリーンランド人がやってきて「何と言われようが、全員ここを去る」と告げた。４日前に２００キロ・ケルンまで行くことを承知したが、もうそれを翻した。ヨーロッパの言葉は通じない。アルフレッドとレーヴェは拙《つたな》いイヌイット語で訴えた。荷解きや荷作りの時点で、いったん合意に達したと思ったら、振り出しに戻ってしまった。こんな交渉を何回も繰り返し、ラスムス・ヴィルムセンだけが、アイスミッテまで同行することを承諾した。前の探検で内陸の奥まで旅をしたラスムスは、他の３人に比べれば、多少自信があったからだろう。帰り支度の３人は、箱を開け、必要なものを取り出した。

7日、アルフレッドとレーヴェとラスムスは、西基地に戻るグリーンランド人を見送り、再び東へ向かった。ゲオルギとゾルゲがアイスミッテを離れる予定の10月20日までに、どうしても到着せねばならないと、彼らは焦った。グリーンランド人3名は、10月15日、無事に西基地に戻った。

犬は人の腰まである柔らかい雪の中を進んだ。黒旗を探すのに長けたラスムスは、雪を掻きながら道をつくった。ほとんどの旗は雪に埋もれ、先が少し見えるだけである。日射量が減り、黒旗を見つけるのがだんだん難しくなった。最初の2〜3日は、1日当たり5〜7キロメートル進むのが精一杯であった。16日間も使って西基地からわずか170キロメートル進んだに過ぎない。気温は、昼がマイナス30℃、夜はマイナス40℃まで下がった。強い向かい風のなかで、一行は3日間も深雪と格闘し、1日休んだ。

食料が心配だ。あと2週間分しかないので、速度を上げざるを得ない。西基地へ引き返すことも考え、後戻りできない点を230キロ・ケルンと決めた。風を背にすれば西への移動が楽だが、そこを越えれば、むしろアイスミッテへ行く方がましになる。所々に非常食が蓄えてあることは分かっている。しかし、西基地へ帰るかも知れないゲオルギとゾルゲのことを考え、手を付ける気にはなれない。170キロ・ケルンに着いたとき、いっそ西基地へ戻ろうと考えた。次の日、天候が良くなったので、再びアイスミッテを目指す。犬の餌もなくなってきた。途中でゲオルギとゾルゲに出会っても、もはやアイスミッテまで行かざるを得ないと覚悟した。

13日、中間地点である200キロ・ケルンに到着した。モーター橇が運んだ冬小屋、油、ガソリンなどを見つけた。1日留まり、備蓄品の中から必要な物を取り出した。荷物を積み替え、何匹もの犬を殺した。この期に及べば犬も処分するという掟に従わざるを得ない。犬の肉は、その後大層役に立った。

16日、天候は良好、230キロ・ケルンを通過した。もう後戻りはできない。レーヴェは「退路は絶たれた。手を付けないつもりの非常用を除くと、予備の食料も足りない」とノートに書いた。アルフレッドが「どうもゲオルギとゾルゲは、アイスミッテに留まっているような気がする。万一、途中で彼らに出会ったら、アイスミッテへ引き返すよう説得するつもりだ。それが駄目なら、自分が代わりにアイスミッテで越冬する」と彼の覚悟を語った。

ゲオルギとゾルゲが手紙で知らせた10月20日が来た。アルフレッド、レーヴェ、ラスムスは、アイスミッテからまだ110キロメートルも離れたところにいた。もしゲオルギとゾルゲが歩いて来るなら、そして良い天候が続くなら、4日以内には335キロ・ケルンで出会うはずである。その時は、積み荷を、燃料1缶、テント1つ、バケツ1つ、灯り1つまで減らすことができる。

北極圏特有の身を削られるような辛さが、アルフレッドたちを襲った。人も犬もだんだん弱ってくる。寝袋、衣類、靴なども濡れてくる。レーヴェは手指と足指に凍傷ができ、痛がっている。北極圏での経験を積んだアルフレッドは、凍傷にかからぬよう用心していた。

24日、彼らは335キロ・ケルンで立ち止まった。2人が現れるかも知れないと、一日中待つことにした。夕闇が迫り、目を皿のようにして彼らを探した。北の方角に極光がぼんやりと光るだけであった。やがて東へ歩きはじめた。

手紙には書いたものの、彼らはすでに計画を変更しているに違いないという結論に至る。残りは68キロ、引き返すのはもはや論外である。ラスムスも家に帰りたがった。しかし彼1人ではもはや生還のチャンスがない。ラスムスも旅を続けることにした。

気温はマイナス50℃、太陽は低く、日照時間も短い。吐く息はたちまち氷の結晶となり、大気中の湿気がその周りに新しい氷をつくる。彼らが歩いたあとには、煙みたいなものがしばらく漂った。気温が下がる度に、犬も餌を欲しがった。テントを食い破り、餌を探しに中に入ってきた。

27日、レーヴェは、両足とも爪先の感覚が無くなったことに気付いた。アルフレッドは、朝と夕方に、レーヴェの両足に長時間のマッサージを施してきたが、血行は戻らなかった。

28日の夕方、アイスミッテまで23キロメートルの地点で、犬に最後の餌を与えた。暗くて黒旗を見つけることができない。やむを得ずあと5キロメートルの地点で、野宿をした。その日のうちに着くことは無理だったからである。

30日の朝、最後の灯油を使って朝食用の黒プディング(注12)を温めた。朝食を終えた一行はさらに東へ進む。その朝遅く、ゲオルギは雪洞の外で「ここにいるぞ」という叫び声を聞いた。

彼は下着のまま外へ飛び出した。ラスムスが犬と橇を携えて立っていた。彼は笑って、後ろにいるアルフレッドとレーヴェを指さした。

一行がアイスミッテに到着したとき、気温はマイナス52℃であった。体調良好のアルフレッドは、悪天候に負けずにアイスミッテに到着したことを誇りとした。ラスムスの体調も良好、一方レーヴェの足先は凍傷にかかり、踵《かかと》は青色に変わっていた。彼は爪先が凍り付いたまま、4日間も歩いて来た。一行が雪洞に入ると、マイナス5℃という暖かさに圧倒されそうになった。アルフレッドは「お前達はこんなに心地良い所にいたのだ。こんなに心地良い所にいたのだ」と何度も言った。ゲオルギとゾルゲがここで越冬する決心をしていたことを知ったアルフレッドがどんなに喜んだことか。

ゲオルギは「3人の男が最大の危機に瀕し、命さえ危なかった。もし無線があれば、どんなに便利だったろうに」と日記に書いた。

アルフレッドは、日記をつけたり、ゲオルギとゾルゲが測定した気象観測の結果をノートに写したりして数時間を過ごした。全員が10月31日を雪洞の中で過ごした。食事のあとコーヒーを飲み、今後について話し合った。レーヴェは動けないので、越冬することになった。雪洞はさらに混み合い、食料は早く無くなる。かろうじて2人分蓄えた食料を、3人で分けねばならない。一同は、アルフレッドとラスムスが西基地へ戻るため、135キログラムの食料と石油1缶を持ち出すことに同意した。

ヴィルムセン（右）と共にアイスミッテを去る

11月1日は、アルフレッド・ウェゲナー51歳の誕生日である。特別の日のために蓄えてあった果物とチョコレートで祝い、記念撮影をした。軽装備になった橇2台を17匹の犬に牽かせ、アルフレッドとラスムスは、西に向けて出発した。追い風、気温はマイナス39℃であった。やがて2人の姿は霧の彼方に見えなくなった。彼らと西海岸の基地の間には、400キロメートルもの距離が横たわっている。

アイスミッテの隊員たちは、冬支度のため仕事に戻った。

六　ウェゲナー橇隊から戻ってきたグリーンランド人たちは、一通の手紙を携えてきた。9月28日、アルフレッドが62キロ・ケルンで書いた手紙には、悲壮感が漂っている。

親愛なるヴァイケン

私の恐れは的中した。モーター橇が200キロメートルより先に進めないばかりか、我が橇隊も悪天候で挫折してしまった。オーレが去ったと思ったら、今日、残ったグリーンランド人12名のうち8名が、家に帰ってしまった。私たちと一緒に留まるよう、残った4人を説得するのは大変だ。彼らがアイスミッテまで付いてくるかどうかは、まだ分からない。

今朝の気温はマイナス28℃、向かい風で雪が舞い上がっているが、素晴らしい天気だ！　グリーンランド人たちが戻ったら、隊の物はすべて回収してくれ。彼らには今まで通り、1日当たり4クローネ払って欲しい。これから行動を共にする者には、1日当たり6クローネ払う約束をした。今、我々は必要な灯油をアイスミッテまで運ぼうとしているが、それ以外は取るに足らない物ばかりだ。

ゾルゲとゲオルギがアイスミッテに留まるか、それとも私たちと一緒に帰るかは、会ってからのことだ。うまくゆけば、私はアイスミッテに留まり、そこで越冬したいくらいだ。もはや冬小屋を運び入れることはできないが、彼らもとっくの昔に、それを諦めているはずだ。

我々は、危機に瀕している。事実を隠しても仕方がないので正直に言おう。生死の瀬戸際にきた。貯蔵所で不足している物は何もないので、自分たちが安全に帰還するために、何かを頼むつもりはない。ただ一つ君に頼みたいのは、救援隊の派遣である。10月に入ると、救援隊も大変危険な目に遭うだろう。

10月20日に手橇で出発するというゾルゲの計画に、私は賛成できない。西基地へ到着する前に、彼らが途中で凍死してしまう危険性があるからだ。今はできることをやるのみだ。今までの旅は実に厳しかったし、これからの旅はそれ以上だと思う。

皆によろしく。満足のゆく成果を幾らかでも持ち帰り、再会できることを願っている。

アルフレッド・ウェゲナー

西基地の誰もが、シャイデック地区にこんなにたくさんの雪が降るとは予想してなかった。もはやポニーはいないし、犬もあまり使えない。ポニーはすでに屠殺され、わき腹と肩の肉は人間の食用、残りは犬の餌として貯蔵されていた。

アルフレッドは、同行を拒んだ3人のグリーンランド人に、別の手紙も託していた。

親愛なるヴァイケン　10月6日、150キロ・ケルンにて

柔らかくて深い新雪が我々の行く手を阻み、行軍の速度を著しく低下させている。10月1日の進行は15キロメートル、2日はゼロ、3日は6キロメートル、4日は14キロメートル、5日は11キロメートルであった。計画はまた崩れた。いま3人のグリーンランド人を家に帰すところだ。彼らが200キロ・ケルンまで頑張ったときには、時計をやると約束していた。だから彼らに時計を渡して欲しい。私たちに同行しているラスムスの時計も忘れないように。

我々はここから橇3台で進むつもりだが、途中で2台に減らすことになるだろう。アイスミッテか、西基地へ戻る途中のいずれかで、ゲオルギとゾルゲに出会えるだろう。そのときには、次のようなことが考えられる。

一、アイスミッテは単なる気象観測所になってしまうが、維持は可能だ。ゲオルギとゾルゲが、どうしてもそこを去りたいと言うので、レーヴェと私が越冬する決心をしたからだ。極めて原始的な生活になるが、1日当たり1・3リットルの灯油があれば、それほど危

険とは思えない。

二、1～2台の犬橇があれば、ゲオルギとゾルゲ、それにグリーンランド人は、道々にある備蓄点を辿り、西基地へ帰ることができよう。これが安全かつ唯一の手段になる。これ以外の方法を取れば、彼らは最悪の豪雪地帯で立ち往生し、生命を落とすことになるからだ。

三、ゲオルギとゾルゲがアイスミッテに留まるか、それとも帰還を試み、命を危険に晒すか？彼らがこの判断を下す分別を持っているか否か、心配でならない。今、私は新聞電報と故郷の人々のことを考えている。

犬橇2台と隊員2人からなる小規模な救援隊を、ぜひ出して欲しい。救援隊は62キロ・ケルンで野営し、そこで我々か、あるいは仲間が帰るのを待っていて欲しい。もし食料貯蔵所をもっと遠くに設営できれば、それに越したことはない。というのはそれより以遠には、十分な備蓄がないからだ。救援隊はシャイデック（西基地）を11月10日に出発、62キロ・ケルンに到達し、そこで12月1日まで待機して欲しい。待機中に、多分氷厚の測定やその他の科学調査を行うことができるだろう。私たちは1日当たり12キロメートル進み、帰りはスピードアップできることを想定し、食料を確保している。11月21日に62キロ・ケルンまで戻る計画だ。もっと早くしたいものだが。

我々は全員元気だし、成功を信じている。いまのところ、誰も凍傷にはかかっていない。科学調査のためとはいえ、あなたも隊員もどうか危険を冒さないように願う。救援隊は、あたりのケルンを修繕し、新しい旗を立てて欲しい。

全員によろしく。アルフレッド・ウェゲナー

西基地の指揮を任されたヴァイケンにも、ウェゲナー橇隊が当初の目的を果せそうにもないことが分かってきた。アルフレッドがアイスミッテ行きを強行したのは、ゲオルギとゾルゲが10月20日には基地を放棄すると伝えたからだ。しかしこの荒天のなか、ゲオルギとゾルゲが手橇を引き歩いて戻るのは、不可能に近い。アルフレッドは2人の安全を優先すると思うが、どうしても彼らが戻りたいと言えば、アルフレッド自身がアイスミッテに留まるだろう。

11月10日、ヴァイケンとクラウスは、62キロ・ケルンでアルフレッドを出迎えるため、西基地を出発した。グリーンランド人のマシウス・シメンセンとラスムスの弟、ヨハン・ヴィルムセンが同行した。途中でアルフレッドと行き違いになり、基地に現れることも考え、西基地と常に連絡が取れるよう無線機を持参した。最初の日は嵐に見舞われ、辛うじてクレバスを越えることが出来た。強風と地吹雪の中では、犬は役に立たない。一行は4日間、テントの中で嵐が止むのを待った。

16日、やっと35キロ・ケルンまで到達した。その日の正午、最後の太陽が地平線に隠れるのを見た。北極地方の長い夜の始まりである。次の日、41キロ・ケルンで最初に放棄されたモー

ター橇「北極熊」を見つけた。激しい吹雪に遮られ、一行はそこに3日間留まった。20日、2つの旗を通過すると、それより先は雪に覆われ、もう旗が見つからない。道と思われる上をジグザグに進み、ようやく50キロ・ケルンを見つけた。少し離れた所に、雪に埋もれた2台目のモーター橇「雪雀」が放置されていた。その先には、ガソリンが蓄えてある55キロ・ケルンがあるはずだ。そこで彼らはガソリンと灯油を混ぜて火炎信号をつくり、アルフレッドとレーヴェに自分たちの居場所を知らせるつもりだった。吹雪のため、それも諦めてテントを張った。

21日、またもや道を見失った。アルフレッドたちを見逃さないため、その日のうちに62キロ・ケルンまで辿り着く必要があった。しかし、ほんの数百メートル先が見えない。薄暗い夕暮れ時、ヴァイケンはグループから逸れてしまった。彼はテントも暖房用ランプも持っていない。命が危うくなった。1人で西基地まで戻ろうかとまで考えた。橇跡を見つけるため、道と思われるところをジグザグに進み、屹立した雪の吹きだまりを辿った。どのくらい時間が経ったのだろう。近寄る人影が見えた。クラウスとグリーンランド人たちがヴァイケンを探しに戻って来た。すでにクラウスは、アルフレッドが指定したケルンを見つけていた。そのケルンに到着するのに12日もかかったのだ。アルフレッドの手紙によれば、その日に戻ってくるはずである。しかし備蓄の食料に触れた跡がない。彼はまだ到着していないのだ。

次の2日間、ヴァイケンとヨハン・ヴィルムセンは、道からそれぞれ南北の両方向に約10キロメートル延長した線上に、間隔を置かずに旗を立てた。万が一アルフレッドが道筋から外れても、間違いなく旗を見つけると思ったからである。クラウスとマシウスは、氷でイグルーをつくり、テントから引っ越した。雪で隙間を塞いだイグルーは、テントに比べ遥かに暖かい。ストーブに点火すると、イグルーの天井近くの温度が上がり、氷が融けて、また隙間が開くほどである。寝台になる棚の温度をマイナス8℃に保つよう、ヒーターの温度を調節した。トナカイの皮で内側の扉をつくり、イグルーの入口は、雪が吹き込まぬように、犬が侵入しないように箱で塞いだ。

太陽は出ないが視界は良好だ。クラウスとマシウスは、アルフレッドが丸一日歩かなくてもキャンプができるように、さらに東のケルンまで荷物を運んだ。旗と食料、犬の餌、それに灯油だけ。自分たちのテント、寝袋、食料は携行しなかった。地吹雪が始まった。キャンプに留まったヴァイケンはクラウスとマシウスが心配になった。キャンプで信号となる火を焚き、さらに東方でも焚こうと歩き始めたとき、2人を見つけた。クラウスとマシウスが迷子にもならず、36キロメートルの往復旅行をしてきたのである。

クラウスは無線装置の荷を解き、全ての部品を火の上にかざした。当時の無線装置は、使う前に、スイッチ、接点、コイル、そして電池を温める必要があった。西基地からは毎日「アルフレッドは、まだ西基地に到着していない」というメッセージが繰り返し送られてきた。

アルフレッドは、自分の居場所を確かめるため、橇に距離計を付け六分儀も持っている。ナビゲーションの達人が、救援隊を見過ごすはずはない。東風がケルンや旗に積もった雪を吹き飛ばしてくれるので、西に向かうアルフレッドはそれらを容易に見つけるだろう。極地経験が豊富なアルフレッドは、アイスミッテから生還するに違いないと信じていた。もしかするとアルフレッドは、アイスミッテで越冬しているかも知れないと考えながら、隊員たちは、彼が予告した日より数えて5日間延長し、12月5日まで待った。

往路は2週間近くもかかったのに、その日のうちに西基地へ帰ることができた。何の情報もなくヴァイケンとクラウスが戻ると、西基地の全員が意気消沈した。やがて、ほとんどの隊員は、アルフレッドがアイスミッテに留まっていると思うようになった。冬の本格的な救援は、大勢の隊員を危険に晒すので、彼自身が強く反対していた。隊員たちは、目先の仕事に集中した。アルフレッドが居なくても、プロジェクトは進められた。

一方、アルフレッドが去ったアイスミッテである。レーヴェの足指は11月9日までに、崩れて形がなくなった。「切断してくれ」と絶えず訴えるので、手術を施すことになった。医療に関する本や手術器具は他の備品と一緒に、西基地からここまでのどこかの備蓄点に、保管してあるはずだが、アイスミッテにはなかった。ごく僅かの綿と包帯はあった。あとは、鋏とポケットナイフぐらいである。ゲオルギがナイフを研ぎ始めた。消毒用ヨードは少しあるが、痛さを和らげる方法がない。その夜、レーヴェはもちろん、2人も眠ることができなかった。いよいよ手術である。ゾルゲがレーヴェの足が動かぬように押さえ、ゲオルギはポケットナイフで、右足の足指の根元の周りの肉を取り除き、鋏で第2と第5指の骨を切り取った。レーヴェは麻酔なしの手術に耐え、終わると機嫌よくお喋りを始めた。数日後、レーヴェの左足がさらに悪化したので、左の足指も切断することになった。手術は成功したが、壊疽の拡大が心配になった。

毎日、気象観測が続けられた。いつもゲオルギは、朝7時35分に寝袋から外に出て、気温と風速・風向きの測定を行った。ゲオルギは、15分で部屋に戻り、目覚まし代わりに、2人にその日の天候を知らせた。最低気温の記録がいつ破られるか期待しながら、ゲオルギの報告を聞いた。

食事のあとゲオルギとゾルゲは、測定器の修理や調整、データの記録でほとんどの時間を過ごした。体が冷え過ぎると、寝袋に戻って温めた。ゲオルギは、測定器の修理・改造が得意だった。時計仕掛けの記録装置に新たな改良を加え、低温でも完璧に動くようにした。

低温では、写真乾板の現像もままならない。現像、定着、洗浄用液をつくるためには、まず雪を融かす必要がある。濡れた写真乾板をそのまま低温に晒すと、氷の結晶ができて乳化剤を破壊してしまう。写真乾板が温まり過ぎると、乳化剤が剝げ落ちてしまう。現像処理には、かなり燃料が必要であった。「極地での現像処理に慣れる前に、多くの貴重な写真をダメにしてしまった」とゲオルギは嘆いた。

誕生日や何かの祝い日には、冷凍の鯨肉とリンゴ、オレンジが出た。鯨肉の味は鹿肉に似ていた。果物はたっぷりあったので、日曜日ごとに食べることができた。

レーヴェが痛がっていた足も、治り始めた。余分な骨や腐った肉を取り除くため、ゲオルギは追加手術をした。幸いなことに、細菌は少なく凍結温度ではほとんど繁殖しない。だから冬中誰も風邪をひかなかった。3ヶ月後、レーヴェはベッドから立ち上がり歩き出そうとした。1人で立っているのが精一杯だった。

厄介なことに、大量のシラミが発生した。レーヴェが来るまで、アイスミッテにはシラミはいなかった。ラスムスと一緒だったレーヴェが持ち込んだのだ。ある晩、レーヴェは、自分の体、衣類、寝袋から370匹ものシラミを捕まえた。シラミは極寒の中を移動できない。ゲオルギとゾルゲは、2~3日おきに、レーヴェの寝袋を外へ持ち出し、万年雪の上で払った。シラミは、たちまち凍り付いてしまった。レーヴェはシラミを殺すため、着る物に熱いアイロンをかけた。

12月の末、ゲオルギは歯を1本折り、炎症を起こした。化膿し左の下顎全体が腫れあがった。扁桃腺が腫れ下唇は完全に感覚を失った。ゲオルギは、「やっとこ」をバーナーで炙って、歯根まで届くような形に加工した。「やっとこ」とドライバーという応急の歯科器具で2時間も苦闘したが、腫れた歯根を摑むことはできなかった。彼の顔の左半分は腫れあがり、その後何日も苦痛に悩まされたが、最終的にはそれも治癒した。

北緯71度では、11月21日から1月23日までは太陽を見ることができない。昼の空は少し明るくなるが、星がよく見えた。空が暗いと、素晴らしい北極光を見る楽しみもあった。

12月15日は、ゲオルギの42歳の誕生日だった。キャンディと果物が出され、ローソクに火が点けられた。ゾルゲの32歳の誕生日とレーヴェの37歳の誕生日もアイスミッテで祝福された。クリスマスのお祝いに、造花やキャンディの箱、それに果物が飾られた。それまで取っておいた家族からの手紙を、クリスマスに初めて読んだ。この頃から、誰にも孤独感が募り始めてきた。

1月、太陽が再び顔を出し始めても、暖かさは戻らなかった。むしろ気温は下がり続け、春分には、最低気温のマイナス65℃を記録した。だが、日光を浴びると3人は元気を取り戻した。近距離のスキー旅行さえ楽しむようになった。

七 アルフレッドの捜索

冬の嵐もようやく和らぎ、その回数も減ってきた。いよいよ、アイスミッテの仲間へ物資を届ける時がやってきた。アルフレッド、レーヴェ、それにラスムスは何処にいるのか？ 彼ら3人とアイスミッテの2人は、この冬をどう過ごしたのか？ という重大な問いに誰も答えることができない。ゲオルギとゾルゲは西基地への帰還途中に死んだのかも知れない。あるいは全員がアイスミッテで無事に過ごしているのかも知れない。まだ誰かがアイスミッテにいるのなら、夏の仕事を続ける物資が必要となる。

アイスミッテへ救援隊を派遣するに先立ち、やらねばならぬことがある。犬の餌を道沿いのケルンに貯蔵するため、ユルグとヴァイケンは4月3日、予備旅行に出かけた。2人とも1回の旅行で犬の餌と資材を十分運べるとは思っていなかった。天候はすでに回復していたが、猛吹雪が通り過ぎるのを、待たねばならない。去年立てたケルンの旗は、雪に埋もれていた。2人は120キロ・ケルンで大量の犬の餌とウェゲナー橇隊に必要な資材を置いた。

1931年の4月23日、81匹の犬と橇7台からなる旅が始まった。進むにつれ、全員がアイスミッテに留まっているかも知れないと思うようになった。西基地から190キロメートル進んだ地点で、アルフレッドの痕跡を見つけた。アルフレッドのスキーが氷上に約3メートルの高さに立ててあったのである。ヴァイケンはその下を1メートルほど掘ってみたが、ただ空箱があるだけだった。その時は、まさかそこがアルフレッドの墓と思わなかったので、それ以上掘り進めなかった。255キロメートル地点で、彼が放棄したと思える橇も見つかった。285キロメートル地点で、1箱の犬の餌やペミカンも見つかった。しかし最悪の事態は考えないことにした。

25日、西基地のケンブル、クラウス、それに数人のグリーンランド人は、モーター橇が放棄されているところまで出かけた。ピストンを交換した橇を西基地まで戻し、オーバーホールする必要があった。4月末までに2台のモーター橇は使えるようになった。モーター橇には、小さな無線機が設置された。犬橇隊は、出発してから8日目を迎えていた。

5月1日の正午、2台のモーター橇が東に向けて出発し、氷冠を登り始めた。ケンブルが「雪雀」を、クラウスが「北極熊」を操縦し、それぞれの後部座席にはグリーンランド人が乗った。

橇が深い雪だまりで止まらぬよう運転する必要があった。登り坂では操縦者は外に出た。剝き出しのプロペラに接触しないように注意しながら橇を押し、素早く操縦席に戻らねばならなかった。視界が悪くなると、500メートル先の旗が見えない。道から外れないように、コンパスを頼りに進んだが、嵐が来たので野営をした。

5日、また進軍を開始した。200キロメートルの中間地点で、ガソリンを積み増した。堅い雪のお蔭で、東への旅を続けることができた。2台のモーター橇が犬橇隊に追いつき、隊員たちは一緒に野営をして一晩を過ごした。翌朝、アイスミッテまでの競争が始まった。先に犬橇隊が出発したが、モーター橇がそれを追い越した。もしアルフレッドがモーター橇の活躍ぶりを目にしたら、どんなに喜んだことだろう。

7日、モーター橇がアイスミッテに到着すると、その音を聞きつけたゾルゲが雪洞の外へ飛び出した。クラウスとゾルゲは走り寄って抱き合い、同時に「ウェゲナーは何処だ?」と尋ねた。答えはなかった。そこに兄がいないことを知ったヨハン・ヴィルムセンは、取り乱したが、誰も、慰めることができなかった。レーヴェが雪洞から出てきた。やはりアルフレッドとラスムスはいなかった。ここにきてようやくヴェルケンは、雪の中に放置されていた品々、食料、アルフレッドのスキーが意味することを悟った。

その日の夕方、犬橇隊が到着した。キャンプは静かだった。テントに走り寄った犬橇の隊員は「一体どうなっているのだ」と叫んだ。足を引きずりながら外に出てきたレーヴェが「アルフレッドとラスムスは11月1日に西に向かって出発した。やはり途中で死んだのだ」と嘆いた。全員が雪洞のなかでアルフレッドとラスムスを偲んだ。

クラウスは持ってきた小型無線機を立ち上げ、最初に600キロメートル離れたゴッドハブン局を呼び出し、電信キーを叩いて悲しいニュースを伝えた。ゴッドハブン局はそれをドイツへ転送した。アイスミッテの人々は、次のように決めた。

一、モーター橇隊は、長い旅に耐えられないレーヴェを乗せて直接、西基地へ戻る。

二、犬橇隊は帰路、死体の捜索を行う。

三、ゲオルギはアイスミッテに留まり、中央グリーンランドにおける6月と7月の気象記録を取る。

四、ゾルゲはアイスミッテを出て、ヴァイケン隊に加わり捜索を続ける。

隊員たちは、アルフレッドの行動を次のように推測した。アルフレッドとラスムスは、橇2台と犬17匹でアイスミッテを出発し、中間地点をめざした。中間地点へ到着後に、1台の橇を放棄してスキーで旅を続けたのだろう。

アルフレッド・ウェゲナーの死亡が確実になった以上、最後の旅を徹底的に調べ、彼の遺体を見つけなければならない。ホルザッペル、クラウス、レーヴェ、それにグリーンランド人2人は、モーター橇で西基地まで戻った。16時間で戻れたのは、雪の表面が堅く、風も穏やかだったからである。

3日の間、ヴァイケンとゾルゲ、それに5人のグリーンランド人は、アルフレッドのスキーが立ててあった場所を調べた。今度は前より深く掘り、まずトナカイの毛を見つけた。近くに、パーカーか寝袋があるはずだ。さらに掘ると、トナカイの皮、そしてアルフレッドの毛皮の服が出てきた。ヴァイケンの記録である。

「私たちは、2枚の寝袋カバーで蔽われたアルフレッドの遺体を見つけた。それは新雪の表面から75センチメートル下に、安置されていた。彼の目は開かれ、表情は幸福そうで、微笑んでいるかのように見えた。青ざめてはいたが、少し若返ったようだ。鼻と手には少し凍傷の跡があった」

長靴はまだ柔らかく凍ってはいなかった。彼は寝袋の上に横たわっていた。ただ、愛用のパイプ、タバコの葉、日記、小物入れ、それに毛皮の手袋が見つからなかった。日記にはアイスミッテまでの往路と復路の死に至るまでの情報が書かれているはずだ。それがなければ、最後の数日間の詳細が分からない。どうやら、アルフレッドは行軍中ではなく、テントの中で死亡したらしい。犬橇に追いつこうとして無理を重ね、睡眠中に心不全を起こしたのだろう。最後まで彼の心臓は、想像できないほどの強いストレスに耐えていたと思われる。

ラスムスの健康状態は、アルフレッドが死亡するまでは良好であったと思われる。彼がアルフレッドを丁重に埋葬し、そこへ目印を立てるまで配慮したことに、ヴァイケンとゾルゲは深い感動を覚えた。アルフレッドの携帯袋と日記が見つからないので、ラスムスがそれらを西基地まで運ぶつもりでいたことが推定される。良質な手袋は交換したらしい。ヴァイケンとゾルゲは、注意深く遺体を氷の中へ戻した。墓の上には万年雪のブロックを積んだ霊所が建てられた。グリーンランド人が、折れたストックで小さな十字架を作り、隊員たちはスキーに黒い旗を結び付けた。墓は前より見つけ易くなった（注13）。

一行はさらに西に向かい、ラスムスのキャンプ跡を2つ発見した。6ヶ月間も風雪に晒されたのだから、奇跡に近い。170キロメートル地点でトナカイの毛とペミカンの破片、そこから西へ1キロメートルの地点で、数回分の食料の残りと小さな斧を見つけた。そこで彼は数日間過ごしたと思われる。西基地から155キロメートル地点で、犬がいた痕跡もあった。しかし、そこから西基地まで、備蓄食料に触れた形跡はなかった。

5月末、ヴァイケン、ユルグ、ゾルゲ、それに3人のグリーンランド人が再び氷冠に向かった。ユルグとゾルゲは前の年に始めた測地を続けた。ヴァイケンとグリーンランド人たちはラスムスの遺体を捜した。6月の初めまで、彼らは毎日、南北に道を横切って探した。空の橇を牽いて、前後に30～50キロメートルの弧を描いた。ラスムスの最後のキャンプ跡から出発し、双眼鏡で地平線まで確かめながら、少しずつ西の方角に向かった。雪の低い起伏や、尾根と尾根の間の長い窪《くぼ》みが、彼らの視界を妨げる。窪みという窪みを見逃さないように、縦走路から外れて無数の寄り道を繰り返した。ラスムスの痕跡を8日間も探しているうちに、犬の餌が足りなくなった。

ヴァイケンは3人のグリーンランド人と犬を西基地へ帰し、単独でさらに8日間の捜索を続けた。太陽に向かえば、雪の中に多くの幻影が現れ、背にすると、雪の吹きだまりが全部ケルンに見える。ヴァイケンは幻覚に襲われるようになった。雪だまりがキャンプ跡に見える。そこに向かって、犬橇を全速力で走らせ、あたりを掘り返す。雪の中に長い棒を繰り返し突き刺したが、何も見つからなかった。

犬の餌がなくなると、彼も西基地へ戻った。捜索は失敗に終わった。いったいラスムスはどうしたのだろう。道に迷い方向を間違えたのだろうか。食料と燃料がなくなったのだろうか。氷冠の西端の大きなクレバスに落ちたのかも知れない。冬が終わるまでに全ての痕跡が消えてしまう。ひょっとするとヴァイケン捜索隊は、雪の吹きだまりに埋もれたラスムスの遺体の近くを通り過ぎたかも知れないのだ。アルフレッドが大切にしていたノートと日記も見つからなかった。「日記の最後を読めば、今回の悲劇の真相が明らかになるのに」とヴァイケンは落ち込んだ。

アイスミッテに留まったゲオルギは、次の橇隊が来るまで、捜索隊の行動を知る術もなかった。彼は、救援隊が予定通り現れないことも想定して、行動計画を練りあげた。予定時期はすでに過ぎた。彼は決行日を7月31日に設定した。歩いて西基地に戻る計画を変更し、スキーを改造した橇を使うことにした。犬のベラは、橇の牽き方を忘れたようだ。何度も訓練を重ね、よう

アルフレッド・ウェゲナーの墓

やくベラも橇を牽くようになった。東風を使う帆もつくった。テントがないので、陽のあたる日中は眠り、夜に旅をすることにした。

7月24日、2台のモーター橇が到着したので、この計画も不要となる。荷物を梱包する間もゲオルギは気象データを取り続けた。一行は1931年8月7日、アイスミッテを後にした。

*　*

アルフレッドの死後、妻のエルゼは3冊の本を出版した。1932年には、隊員たち数名から集めた資料とアルフレッドの日記をもとに「アルフレッド・ウェゲナー　最後のグリーンランド探検」を編纂した。これは1939年に英訳され「グリーンランド探検」として出版された。さらに1960年には、アルフレッドの日記、手紙、さらに彼女の思い出を集め1冊の本にした。それが「アルフレッド・ウェゲナー　日記、手紙、回想」である。1992年、彼女が100歳のとき、ドイツ極地研究協会の名誉会員に選ばれたが、同じ年の暮れに死亡した。

第2次世界大戦中の1942年、米国飛行大隊の戦闘機と爆撃機が、グリーンランド氷冠に不時着した。乗組員は全員犬橇で救出されたが、機体はそのまま放置された。50年後、温水を使い戦闘機が掘り出された。82メートルの深さまで沈んでいた機体は、まるで潰れた缶のようだった。積もる雪の重さで、全ての物が年平均1・6メートル沈む。埋葬後93年経ったアルフレッドの墓は、表面から約150メートルの深さまで沈んでいるはずである。

グリーンランドの氷河は中央部から東西両海岸に向かってゆっくり移動する。ウェゲナーの墓も年々深くなり、西へ西へと動いてゆく。地球の温暖化はこの動きを加速し、氷厚も減るだろう。西海岸のカマルユク氷河端の近くで、彼の墓、それにラスムスの遺体とアルフレッドの最後の日記が意外と早く見つかるかも知れない。

（注1）第4次探検隊の「ウェゲナー日記」は、１９２９年9月12日付の氷河後退の観測記録で終わっている。以降の日記には、第4次犬橇隊の記録（9月13日～10月31日）や、アイスミッテから西基地へ戻る途中（11月1日～11月14日？）までの様子が書かれていたはずである。本人が死亡したため、代わってラスムス・ヴィルムセンがこれを西基地まで届けようとしたと思われる。しかし彼が行方不明のままなので、最後の日記はまだ見つかっていない

（注2）Roger M. Mccoy "Ending in Ice: The Revolutionary Idea and Tragic Expedition of Alfred Wegener" 2006 Oxford University Press

（注3）南極とグリーンランドの山岳氷床、特に高地に存在する五万平方キロメートル未満の万年氷床

（注4）ドイツ語でEismitteは「氷の中央」を意味する。アルフレッドたちがグリーンランドの氷冠中央部に設けた越冬基地

（注5）Johannes Georgi "Mid-Ice" New York E.P.Dutton,1935

（注6）小型の馬。頭が良く温厚で持久力に優れる

（注7）Alfred Wegener "Die Entstehung der Kontinente und Ozeane" Braunshweig 1916

（注8）セルビアの地球物理学者ミランコヴィッチは、地球の公転軌道、離心率の周期的変化、自転軸の傾きの周期的変化、自転軸の歳差運動を考慮し、日射量がどのように変化するかを計算した。彼は歳差運動の周期を平均２万２０００年とし、地軸の傾きは21・5度から24・5度の間を定期的に変動

しており、その周期を4万1000年とした。彼の理論を使えば、例えば10万年前の地球上の任意の緯度における日射量が、長期的にどう変化するかを算出できる。北極や南極の氷床の規模や変化、氷期や間氷期の年代を調べるとき、現在でも彼の理論が参考にされる。1920年、ミランコヴィッチの著書が出版されたが、あまり注目を浴びなかった

（注9）氷河からの流水が運んだ土砂
（注10）氷河が滝のように崩落している場所
（注11）砕いた乾燥肉に果物を加え溶かした油で固めた保存食品
（注12）豚の血や脂肪でつくったソーセージ
（注13）後に高さ6メートルの鉄製十字架に変えられた

2022・8・27 記

邯鄲の枕

下手な川柳を二句

日産はひと月はやい除夜の鐘　２０１８年11月 詠める
鳴り響くベイルートからも除夜の鐘　２０１９年末 詠める

ルノーが日産自動車の株式37％を取得し、資本提携を結んだのは、１９９９年3月である。同年6月、ルノーのカルロス・ゴーンが日産自動車に送り込まれ、翌２００１年6月には最高経営責任者になった。当時の日産は６８００億円の赤字、約2兆円の有利子負債を抱え、虫の息という有様であった。ゴーンは辣腕を振るった。村山工場など5つの生産拠点を閉鎖、子会社の統廃合、早期退職制度も導入した。2万１０００人を目標とする人員削減も行った。日産社内の公式言語を英語にする、系列会社も考慮しないなど、日本の商習慣も無視した。12％前後に落ち込んでいた国内市場占有率を20％近くまで回復させた。２００３年６月には有利子負債を全額返済した。マスコミは彼を経営の神様と囃したて、２００４年、彼は藍綬褒章まで受章する。

２００５年にはルノーの取締役会長兼ＣＥＯにも選ばれ、世界の名経営者とも呼ばれるようになる。一方日産では、「ゴーン前」に入社した居残り組と「ゴーン後」に入社した中途採用組の社内闘争など、深刻な問題を残したまま、親会社への復帰には疑問の声も上がった。

２０１６年10月、ゴーンはルノー・日産における役職に加え、三菱自動車の会長にも就いた。ルノー・日産・三菱連合は、売り上げでトヨタ、フォルクスワーゲン、ＧＭに続く世界第４位の地位を確立した。４％～７％台であった日産の純利益率がこの頃から落ち始め３％を切るようになる。ルノーの業績も振るわない。

２０１８年11月19日の午後４時半ごろ、羽田空港にプライベートジェットのガルフストリーム一機が着陸した。機体のエンジン部分には黒文字でＮＩＳＳＡＮとも読める「Ｎ155ＡＮ」がプリントされていた。乗っていたカルロス・ゴーンは、金融商品取引法違反の疑いで逮捕された。私は、最初の句を詠んだ。

翌19年３月５日、ゴーンは保釈されるが、４月４日、特別背任罪の疑いで再逮捕された。４月25日、５億円の保釈金を支払い、六本木のマンションへ戻った。「住宅の出入り口に監視カメラを設置。パソコン操作は弁護士事務所に限定。パスポートは弁護士が管理」などの条件付きである。

12月29日午後3時前、ゴーンは六本木のグランドハイアット東京で元米軍特殊部隊の隊員だった民間軍事会社のプロ2人と会った。午後4時ごろ、3人はタクシーで品川駅に向かった。午後4時40分、自由席にゴーンたちを乗せた新幹線ひかり521号は品川駅を出た。午後9時30分ごろ、ゴーンはりんくうタウンのスターゲートホテルでスピーカー用大型ケースの中に身を隠した。ケースは、関西空港の第2ターミナルの外れにあるプライベートジェット客専用ラウンジ「玉響《たまゆら》」に到着、X線検査も受けず民間軍事会社が用意したボンバルディアBD700に運び込まれた。午後11時10分、機は関西空港を離陸、一路トルコへ向かった（注1）。12月31日、カルロス・ゴーンは代理人を通じ、ベイルートにいることを明らかにした。このニュースを知って詠んだのが、2番目の句である。

風光明媚、中東のパリとまで言われたベイルートは、今では紛争が絶えず、世界で最も危険な場所の一つに挙げられている。

唐の沈既済《しんきせい》の小説『枕中記《ちんちゅうき》』によれば、盧生《ろせい》という若者が故郷を離れ、趙《ちょう》の都の邯鄲《かんたん》に赴く。そこで道士の呂翁《りょおう》と出会い、自らの不平を語った。道士は夢が叶う枕を盧生に授けた。その枕を使うや、盧生はみるみるうちに出世し美しい嫁を貰うことになる。進士になり朝廷にも仕える。ときには冤罪で投獄されることもあったが、2度も宰相となり、栄耀栄華を極めた。子や孫にも恵まれ、幸福な生活を送った。寄る年波には勝てず、皆から惜しまれて80余歳で死んだ。ふと盧生が目覚めると、寝る前に火にかけた粟粥がまだ煮上がってさえいなかった。全ては夢であり、束の間の出来事であった。盧生は「人生の栄枯盛衰全て見ました。先生は私の欲を払って下さいました」と礼を言い、故郷へ帰った。

漢文学者の下定雅弘は「枕中記」について講演している(注2)。魯迅をはじめ中国の学者は「名利を求める者を風刺している」と解釈した。しかし、名誉と恥辱、困窮と栄達の運命、成功と失敗の道理、死と生の実情、これを知り尽くした盧生が見たのは、人間の欲望である。「枕中記」のテーマは「人間が欲望を満たそうとすれば、不断の危険を覚悟すべきであり、欲望を抑えてこそ安らかな人生を送ることができる」という点にある。

カルロス・ゴーンはレバノン系ブラジル人である。ベイルートで中等教育を受けて渡仏、理工系のトップであるエコール・ポリテクニークに入学、さらにパリ国立高等鉱業学校へ進学した。卒業後仏タイヤメーカー ミュシュランに入社、同社での業績を評価され、ルノーから上席副社長としてスカウトされた。

彼が中国の古典を好むかどうか知らない。もし彼が「邯鄲の枕」の故事を知り、その真意を理解すれば、少しは気が安らぐかも知れない。

カルロス・ゴーン（1954 －）

（注1）ゴーンの逃亡ルートについては、米国の月刊誌 Vanity Fair July/Aug 号の記「EXCLUSIVE：HOW CARLOS GHOSN ESCAPED JAPAN, ACCORDING TO THE EX-GREEN BERET WHO SNUCK HIM OUT」（2020.7.23）が詳しい。元米軍特殊部隊員だった Michael Taylor が May Jeong 記者に打ち明けた内容である

（注2）講演「邯鄲の夢のほんとうの意味」下定雅弘　２００９年6月20日　大阪狭山市公民館

２０２１・３・21　記

金色の鐘時計

「バンヤ、バンヤ、バンヤ」と子供と宇宙人の王様が言葉を交わす漫画映画が始まったので、映画館を間違えたかと思った。フランス映画「大運河」（原題SAIT-ON JAMAIS）をはじめて見たのは、40年以上も前である。

漫画映画を見ていたフランソワーズ・アルヌール扮する〈ソフィー〉が、館内でフランスの写真家〈ミシェル〉とすれ違う。彼らは映画館の前の運河に架かる橋で挨拶を交わす。この時バックに流れるのが、透明で煌めくようなビブラフォンとベースが奏でる旋律である。2人は一夜を共にするが、〈ソフィー〉は男爵と呼ばれる大富豪〈ベルゲン〉の養女だった。第2次大戦中、ナチスは英ポンド紙幣を偽造するために原版を造った。男爵はそれを隠匿し、戦後、偽ポンド紙幣を使って財を築いた。今はベニスの豪館で隠遁生活を送っている。彼の用心棒〈スフォルジ〉と〈ソフィー〉は、以前恋仲だった。……などなど一筋縄では行かぬストーリー展開だ。

ラストシーンは今でもよく憶えている。〈ミシェル〉が〈スフォルジ〉に追われ、時計塔をよじ登ったとき、午後6時の鐘が鳴る。追いつこうとする〈スフォルジ〉と鐘を打つブロンズ像が大写しになる。2人は、隣のビルへ飛び移って屋上で取っ組み合いになり、〈スフォルジ〉が、運河に墜落、死亡する。シーンが変わるたびに、バックにビブラフォン、それにベース、ドラムとピアノが醸し出す得も言われぬ音色が響く。

再びこれを耳にしたのは数年後、神戸のジャズ喫茶で、同期に入社した室園佳宏さんとコーヒーを飲んでいたときである。彼は「ミルト・ジャクソンが叩いている」と呟《つぶや》いた。米国にMJQ（モダン・ジャズ・カルテット）というバンドがあり、ビブラフォン奏者が、ミルト・ジャクソンだと教えてくれた。

後日、私はMJQのLPレコードを買った。ジャケットにはフランソワーズ・アルヌールの写真の横に、《映画「大運河」主題曲、金色の鐘時計：Golden Striker、たそがれのベニス：Venice、モダーン・ジャズ四重奏団》と記されていた。「大運河」のバックに流れていたThe Golden Striker, One Never Knows, The Rose Truc, Cortege, Venice, Three Windowsの全曲を、カルテットのピアノを受け持つジョン・ルイスが作曲していることも知った。

映画に出てきた鐘を打つブロンズ像のイメージがあまりにも強かったのだろう。The Golden

金色の鐘時計

Striker の和訳「金色の鐘時計」が気になった。コンサイス(注1)で striker を引くと、最初に1. 打つ人［かじ屋の］あいうち（人）：銛射手が出てきた。〝なぜ鐘を打つブロンズ像が Bronze Striker でなく The Golden Striker なのか?〟という疑問は、長いあいだ私の頭の隅でくすぶっていた。

　これが晴れたのは、昨年（2002年）4月にイタリアへ出張したときである。休日にベニスを訪れ、サンマルコ広場の時計塔を眺めた。塔の屋上には鐘を打つ一対のムーア人のブロンズ像が設置されていた。正面の壁には中世の都市国家ベネチアの象徴「有翼の獅子」が飾られ、紺色の背景の星々は金色である。その下に聖母マリア像が設けられ、両側に時間と分を表示する窓枠がある。大きな時計がその下の壁面を占めていた。ギリシャ数字が刻まれた時計の文字盤（18時が頂上に来る24時型）の内側には、金色で覆われた12星座像が配置されていた。ひょっとするとStriker はコンサイスの〝打つ人〟ではなく、正面に見える大時計そのものを指すのではないか?

　帰国して研究社の「新英和大辞典」(注2)の striker を引くと、1. スト（ライキ）中の労働者、同盟罷業者　2.【サッカー】ストライカー　3. 打つ（たたく）人　4. a 打つもの　b（ぼんぼん時計などの）打器、つち（clapper）　c 鳴る時計、ぼんぼん時計があった。

　英語に長けた人なら、striker が単数形なので〝打つ人〟ではなく、〝鳴る時計、ぼんぼん時計〟のことだと直ぐに分かるのだろう。悲しいかな私には、一対のムーア人のブロンズ像（The

Bronze Strikers）と、文字盤で囲まれた金色の12星座像を自分の目で確かめるまで、「金色の鐘時計」の意味がよく摑めなかった。

フランス語に疎い私は、映画「大運河」の原題SAIT-ON JAMAISも分からなかった。「誰も知らない」という意味らしい。アメリカで上映されたとき、SAIT-ON JAMAISはNo Sun in Veniceとなり、日本では「大運河」に変わった。当時は、No Sun in Veniceに「たそがれのベニス」、One Never Knowsに「ひとしれず」などと粋な日本語を充てた人がいた。最近、洋画のタイトルを英語の発音そのままのカタカナ表示にする手抜き作業が横行しているのは、残念なことだと思う。

室園佳宏さんは、神戸工業が富士通に合併吸収されたとき、エッソスタンダード石油へ移り、エネルギー関係の要職についたが、惜しくも一昨年に他界した。

（注1）三省堂「新コンサイス英和辞典 第2版」（1985年）のstriker 1．打つ人〔かじ屋の〕あいうち（人）：鉛射手 2．スト（ライキ）参加者 3．打つもの、鉛：撃鉄（鉄砲の）、（時計の）時報装置、（鐘、鈴の）舌、目覚まし時計 4．米【陸軍】当番兵、従卒、【海軍】下士官候補生（志願者） 5．【蹴球】ストライカー（敵のゴールへのシュートを専門にする選手）

（注2）研究社「新英和大辞典 第6版」（2002年）のstriker 1．スト（ライキ）中の労働者、同盟罷業者 2．【サッカー】ストライカー《点を取るのが役目のプレーヤー》 3．打つ（たたく）

人 4. a 打つもの b（ぼんぼん時計などの）打器、つち（clapper） c 鳴る時計、ぼんぼん時計 d（鉄砲の）撃鉄 5. 斗かき（strickle） 6.《米》a 雑役夫 b（各種の職業の）男の助手 7. a（コートテニスで、サーブの）レシーバー（cf. server 4） b（コートテニスで）ボールをあとで打った方のプレーヤー 8.《クリケット》打者（batsman）（cf. nonstriker 2） 9.【玉突】（相手をする）プレーヤー 10.【捕鯨】a 銛（もり）（harpoon） b 銛打ち（harpooner） 11. a【米陸海軍】（将校の雑役をする）当番兵、当番、従卒 b【米海軍】最下級下士官に昇進するための訓練を受ける水兵 12.【廃】追いはぎ（footpad）

2003・4・10 記

らくだ

「ノーマネー、ノーマネー」と叫び声がする。振り向くと妻が困り切った顔で助けを求めていた。急いで戻り事情を聞くと御者が「金を払え」と脅したらしい。御者に船中で買ったクーポン券を見せ「2人分の金がすでに払ってある」と説明して事なきを得た。

1994年4月末から5月の初めにかけて、私たち夫婦は東地中海クルーズを楽しんだ。5000トンの中古クルーズ船ジェイソン号は、5月3日の早朝、エジプトのポートサイド港に着いた。「砂漠の真ん中で、もしバスが立ち往生したら冷房も効かない。救援が到着するまでの水分補給に備え、ミネラルウォーターとオレンジを必ず携帯するように」という船内放送があった。朝食後、50名ほどの観光客は2台のバスに分乗した。ポートサイド港を離れしばらくすると、スエズ運河の横に出る。大きな船が行き来している。いつのまにか機関銃を備えた2台の装甲車がバスの前後を守っていた。ものものしい警戒である。90年代からすでにエジプトでは観光客を狙ったテロが増えていた。3年後に、ルクソールの王家の谷で、待ち伏せしていた「イスラムのテロ集団」が約200名の観光客を銃で乱射、日本人10名を含む62名が死亡するという痛ましい事件も起きている。

カイロの考古学博物館を見学し近くのホテルで昼食をとった。クフ王のピラミッドに入り、背をかがめたまま、狭い階段を、登ったり降りたりした。ようやく玄室に辿り着くと、大きく縁の欠けた空の石棺があった。外に出ると、ピラミッド前の広場にターバンを巻いた男たちが屯《たむろ》し、数頭の駱駝が前膝を折りしゃがんで待っている。私はクーポン券を見せ、前の駱駝に乗った。後ろの駱駝に妻が続く。鞍に跨がるや、駱駝は後ろ足から急に立ち上がり、前のめりに転げ落ちそうになる。御者が手綱を引くと駱駝は歩き始めた。乗馬の経験もない身には、3メートル近い高さの移動は少し不安だ。そして「ノーマネー」事件がおきた。駱駝の鞍は、童謡「月の沙漠」にある金や銀ではない。木製の鞍は、原色の糸で編んだ分厚い布で覆われていた。砂の上を歩いたのはごく僅かで、糞に塗れた道を20分ほど進むと駱駝は止まった。先は、アスファルト舗装された住宅地である。涎を垂らし異臭のする駱駝の乗り心地は、お世辞にも良いとは言えないが、貴重な体験であった。

ピーター・オトゥール主演の映画「アラビアのロレンス」は、学生時代に見た。実在の人物、イギリス陸軍情報将校ロレンスの活躍と彼の苦悩を描いた傑作である。第1次世界大戦で、イギリスは中東でトルコと戦った。自国を有利にするため、アラブがトルコから独立するのを支

援する一方、英・仏・露で中東を分割するという秘密協定を結んだ。さらにアラブが認めぬ、パレスチナにおけるユダヤ民族居住区の建設を許可するという「三枚舌外交」を展開していた。ロレンスの大活躍で、アラブは独立にほぼ成功する。しかしアラブ側にのめり込むロレンスは、イギリス外交に翻弄され、失意のまま追放される。そしてオートバイ事故で死亡するという内容である。

矛盾に満ちたイギリス外交が、中東紛争の火種となり資源ナショナリズムの台頭を招いた。「イスラムのテロ集団」もさかのぼれば、この「三枚舌外交」に行き着く。世界史に疎い私はこの映画を見たとき、複雑すぎる世界情勢が分からず、作品の意図を全く理解していなかった。ピーター・オトゥールがアラブ軍を率い砂漠を駈ける様を見て、一度でいいから駱駝に乗ってみたいと思っていただけである。それが三十余年ぶりに東地中海クルーズで叶った。

駱駝（ラクダ）は有史以来、ヒツジ・ヤギ・ウシ・ウマと共にユーラシア大陸で家畜として飼育されてきた。ラクダは荷物を運ぶとき、水がなくとも長距離を歩くので「砂漠の船」とも呼ばれる貴重な動物である。しかし、ほとんど砂漠のない日本には縁が無かった。日本人が初めてラクダを見たのは、江戸時代だそうだ。歌川国安は、ラクダを見て驚く民衆の様を「駱駝之図」に残している。当時の庶民は、ラクダを図体が大きいだけで全く役に立たない動物だと勘違いした。そこで嫌われ者の大男を「らくだ」と呼ぶようになったらしい。

子供の頃、ラジオで六代目三遊亭圓生（1900〜1979）の落語「らくだ」を聞いたことがある。当時は内容が飲み込めず、薄気味悪い怪談話だと思っていた。「らくだ」が面白いと思い始めたのは、現役を退いてからである。「駱駝の葬礼」という上方落語を、明治時代に三代目柳家小さんが東京へ移入した。今ではユーチューブで笑福亭松鶴、三遊亭圓生、古今亭志ん生、立川談志たちの「らくだ」を聞き比べることができる。

長屋に馬という乱暴者がいた。大きくて動きが鈍いので「らくだ」と呼ばれ、長屋中からの嫌われ者、家賃を払ったこともない。その「らくだ」がフグにあたって死んだ。見つけた兄貴分の半次が葬儀を出そうとするが金がない。屑屋の久六がやってきた。半次は久六を脅し「長屋の月番《つきばん》（注1）に香典を集めさせろ、大家には通夜の酒と煮〆《にしめ》を届けさせろ」と命令する。案の定、大家は断った。半次は久六に「らくだ」の死骸を担がせ「かんかんのう」（注2）の歌に合わせ文楽人形のように動かしてみせる。大家は震えあがり酒と煮〆を用意する。久六は強引に勧められ、しぶしぶ酒を飲むが、酔うほどに性格が変わり、逆に半次を脅すようになる。この逆転の微妙なプロセスを演じるのはベテランでも難しい。

酔った久六は半次に命じて「らくだ」を漬物樽に入れ、天秤棒で担いで火葬場に運ぶ。途中で樽の底が抜け、見ると死骸がない。来た道を辿れば、橋のたもとで願人坊主《がんにん》（注3）がいびきをかいて寝ていた。2人はそれを死人の「らくだ」と勘違いする。樽に押し込んで焼き場に戻り、そのまま火にかける。熱さで願人坊主が目を覚まし「一体ここはどこだ?」「ここは、火屋だ」

「ああ、冷酒《ひや》でもいいからもう一杯」が落ちである。

ほとんどの噺家は、フグにあたって死んでからの「らくだ」を演じる。私のお気に入りは、六代目笑福亭松喬《しょきょう》（1951〜2013）の人情話のような「らくだ」である。2011年の暮れ、彼は大阪のABCホールで最後の「らくだ」を演じた。肝臓癌に侵された松喬は、すでに末期に入っていたが、1時間以上にわたる噺に衰えを見せない。「らくだ」が魚屋からフグを手に入れるまでのやり取りが絶妙で、嫌われ者の「らくだ」も、泣いている親のない子を見ると竹トンボを作ってやるという優しい心の持ち主という話にはジーンとする。

最近ユーチューブで久しぶりに松喬の「らくだ」を楽しんだ。そして妻の「ノーマネー」事件を偲んだ。

（注1）長屋には、月代わりの持ち回りで、今の町内会の当番があった。朝晩の路地口の開閉、井戸・掃溜めの掃除、祝儀・不祝儀の銭集めにあたった

（注2）清国の俗謡「九連環」がわが国に入って「かんかんのう」の唄になり、これに合わせた「看々踊り」が大坂の劇場で上演されて大評判、さらに江戸でも大流行した

（注3）人の代理で願掛け、水垢離などの修行をする乞食坊主

2023・1・20　記

ヴィア・ドロローサ

石畳を登りながら、こう考えた。異を唱えれば角が立つ。同に委ねれば流される。誠を貫くのは窮屈だ。我が身を捨ててこそ救われる。漱石の「草枕」、出だしのコピーである。……はたしてキリストはいたのだろうか。本当にこの道を歩いたのか。なぜ十字架を背負い、全ての人の身代わりに処刑されたのか……と考えた。

1994年5月2日の午後、我々夫婦はライオン門からエルサレム旧市街へ入った。ヴィア・ドロローサ（苦難の道）を登り聖墳墓教会に着いた。内部は薄暗い。東方正教会、アルメニア使徒教会、カトリック教会、コプト正教会、シリア正教会の共同管理になっており、いずれの祭壇でもミサが行われていた。香の煙が5メートル先も見えぬほど立ちこめている。

重苦しい石造りの建物から出て空を見上げたとき、長年のなぞが解けたような気がした。それまで歴史書、伝記、小説を読んでも、西郷隆盛がなぜ西南戦争をはじめたのかという想いが消えなかった。

明治7年には前参議の江藤新平が佐賀の乱を起す。同9年に神風連の乱、秋月の乱、続いて元参議の前原一誠までが決起する。萩の乱である。江藤も前原も、挙兵の趣旨を文書にして天下に訴えた。明治10年1月末、政府は鹿児島の火薬庫から火薬・銃弾を密かに船で運び出そうとした。私学校の青年たちがこれらを奪い去った。報告を受け、西郷は「しまった」と言い、もはや挙兵を抑えようとしなかった。世に問う檄文などなく、県令大山綱良に「今般政府へ尋問の筋これ有り、不日に当地発程致間、お含みのため此段届け出候、……」との届け書を出しただけである。私学校生徒に「おいどんの命、おはんらにあげ申す」と言ったらしい。

度重なる内戦は国を疲弊させ、欧米諸国が介入する隙を生む。彼は国内でこれ以降戦乱が起きぬことを祈って西南戦争を始めたのではないか。新政府に刃向かえば陸軍大将も征伐される。このことを、憂国の志士たちに身をもって示したかったのではなかろうか。明治10年9月24日の早朝、被弾した西郷は別府晋介を呼び「晋どん、ここらでよか」と介錯を頼んだとも伝えられている。西郷独特のユーモアという説もあるが、私は全国民に「内戦はここらでよか」と警告を発したのではないかと思う。そうとでも考えなければ、あれだけ戦略に長け人の心を摑み日本の将来を見据えていた西郷が、自ら立ち上げた新政府に抗《あらが》い自刃したことを、私は理解できない。手帳を繰った。山田済斎編「西郷南洲遺訓」手抄言志録（注1）からの抜き書きがある。

＊　＊

一、遊惰《ゆうだ》を認めて以て寛裕と為すこと勿《なか》れ。厳刻を認めて以て直諒《ちょくりょう》と為すこと勿れ。私欲を

西郷隆盛（1828 − 1877）

認めて以て志願と為すこと勿れ。
四、凡そ事を作《な》すには、須《すべか》らく天に事《つか》ふるの心あるを要すべし。人に示すの念あるを要せず。
八、己を衰《うしな》へば斯《ここ》に人を喪ふ。人を喪へば斯に物を喪う。
一四、窮迫は事を負《やぶ》る。寧耐は事を成す。
五四、一燈を提《ひっさ》げて、暗夜を行く。暗夜を憂ふる勿れ。只だ一燈を頼め。など。

＊　＊

妻が手帳を覗き込み「何を調べているの」と尋ねた。私がそれまでに懐いてきた疑問とその答えを見つけたことを話すと「西郷さんをキリストと比べるの」と驚いていた。

少し歩くと聖ヨハネ騎士団の病院跡が見えてきた。まだ子供にしか見えぬイスラエル兵の一団と出会った。彼らは銃の手入れをしていた。厳重なチェックを受けてキリスト教区からユダヤ人地区へ入る。広場に「嘆きの壁」が見え、柵で男女別に仕切られている。妻が右手の壁へ向かうので、私は左へ行こうとしたら、関門で止められた。「帽子を被れ」と言われた。紙製の帽子を借りて壁に近付いた。壁の隙間という隙間にはすべて祈りの紙が挟んであった。キリスト教区へ戻るとき、またボディチェックをされた。旧市街を出ると、バスが待っている。行き先は、すぐ隣のベツレヘムである。「聖誕の洞穴」跡に教会があり、床の一部が開けてある。モザイク模様で飾られた建設当初（ビザンチン時代）の床を覗くことができた。大勢の信者が賛美歌を歌っていた。ベツレヘムからの帰途、ガイドが「あの向こうに死海がある」と指差した。

低地に皺のように連なる山が見えるだけだ。2ヶ月まえに、サンフランシスコの博物館で「クムランの死海写本」を見たことを思い出した。

午後8時過ぎ、バスはアシュドド港へ戻った。係官に入国カードを返した。イスラエルへ入国したことはパスポートに一切残らない。不思議に思い、船員に尋ねると、船はアラブの国々も巡る。国によっては、イスラエル滞在の痕跡ある者の入国を拒む。だから訪れる観光客に迷惑をかけない配慮だそうだ。面子に拘らず、実利を重んじるイスラエル人の知恵だと感心した。

1994・6・26　銀婚旅行記より

(注1) 佐藤一斎著「言志四録」1030余条から、西郷隆盛自らが101条を選び座右の戒めとしていた

微細構造定数α

137という数字に魅せられた物理学者がいる。中でも有名なのが、オーストリア出身のウォルフガング・パウリである（注1）。彼がコペンハーゲンのニールス・ボーア研究所に招かれていた1924年に〈電子はそれぞれの量子軌道に2個以上入れない〉とする「パウリの排他律」を発表した。1つの軌道には右回りと左回りに自転する一対の電子しか存在できないという「電子スピン」の概念はパウリが導入した。鋭い論理思考能力をもつパウリは、相手の論理に少しでも抜け穴があるとそれを突いた。一方、彼は実験が不得意なので、研究所では「パウリ効果」という言葉が流行した。おとなしい彼が部屋を歩くだけで実験装置が壊れた。あるときゲッチンゲン大学の精密な装置が理由もないのに動かなくなった。調査の結果、パウリを乗せたコペンハーゲン行きの列車が、ちょうどその時ゲッチンゲン駅に停まっていたことが分かり、これも「パウリ効果」のせいだと皆が納得した。

1930年に、パウリは未知の粒子である中性微子（ニュートリノ）の存在を予言した。23

年後、原子炉の近くに置いてあった検出器によって実際にニュートリノが見つかった。これは他の物質とほとんど衝突せずに通り抜けるため、見つけるのは至難の業と言われていた。1987年、岐阜県の神岡鉱山跡の地下1000メートルに設けられたカミオカンデで小柴昌俊教授たちが、大マゼラン星雲の超新星が爆発したときに生じたニュートリノを捕まえたことは記憶に新しい。

そもそも137という不思議な数字を見出したのは、パウリの恩師であるミュンヘン大学教授のゾンマーフェルドである。彼は1915年にボーア理論（初めて量子論を導入した原子核モデル）を一般化して楕円軌道モデルにまで拡張した。超高速で回転する電子に相対論を導入し、電磁相互作用の強さを表わす「微細構造定数α」を定義した。αは電荷eの2乗をプランクの定数h、真空の誘電率ε_0、光速cの積で割った物理定数で、空間、質量、時間、電流など自然界の単位が全て消滅する無次元の137分の1という値を取る。原子のスペクトル線は原子の種類を特徴づける指紋のようなもので、たとえば原子に光を照射した場合などに現れる。微細構造とは、一本に見えるスペクトル線が近接した何本かに分かれていることをいい、この構造を決める不変の数が微細構造定数である。ゾンマーフェルドの楕円軌道モデルは、多数の電子をもつ原子構造の解明に計りしれない影響を与え、「量子力学」という新しい学問を誕生させる礎となった。

スイスの心理学者カール・ユングは、合理的である科学の世界と、不合理なものとされる直感や心の世界の間にも強い繋がりがあると確信していた。パウリはユングと懇意になり、科学と心の世界を繋ぐ「数字」に興味を持った。特に１３７という数字には、大自然や人生の出来事を予測する力があると信じるようになる。

有名なジョークがある。パウリは、神からどんな質問をしてもいいという許可を得たので、「なぜαが１／１３７なのか」と訊ねた。神は頷いて黒板に向かい凄まじい勢いで数式を書き殴り始めた。パウリは満足げにこの様子をしばらく眺めていた。神の論理に欠陥があることを見つけるや、突然頭を激しく振り始め「全部間違っている」と言った。

パウリは生涯を通じて「微細構造定数」が１３７分の１という値を取るのはなぜかを考え続けた。１９５８年、パウリに膵臓癌が見つかった。最後の助手を務めたチャールズ・エンツがスイスの赤十字病院に入院していたパウリを見舞ったとき、彼は「部屋の番号を見たかね」と尋ねた。チャールズが確かめると１３７号室だった。その年の12月15日、パウリはこの病室で亡くなった。

現在１／αは、実験から137.03598956……と40億分の１の精度で算出されている。多くの物理学者たちが、πや自然対数の底ｅや数字の冪《べき》を組み合わせて、この根拠を示そうとした。１９１４年にはルイストとアダムスが137.348、１９７１年にはワイラーが137.036082、１９７２

ウォルフガング・パウリ（1900 − 1958）

年にはアスプデンとイーグルスが137.035915という値を算出した。大物理学者のヴェルナー・ハイゼンベルグさえ堪えきれず「もちろんこれは戯れですが」という前置きで、ある式を提案した(注2)。何れも実験が少し精密になると合わなくなるので、トリッキーな数秘術で終わっている。

いまでは宇宙は138億年前に始まったことになっている。ひと頃、ビッグバンは137億年前に起きたと言われた。137はその数字だと相槌を打つ人までいた。道に迷ったら「137」と書いた旗を振れば、必ず物理学者が助けに来てくれるというジョークまで出現した。アメリカの物理学者ファインマンは、1985年の著書「光と物質のふしぎな理論」(注3)のなかの最終章「未解決の部分」で「50余年前発見されて以来、この数(1/137)はずっと謎のまま現在に至っています。すぐれた理論物理学者なら誰でもこの数を壁にはりつけ、しきりに知恵を絞っているはずです」と述べている。

ゾンマーフェルドが唱えて65年後、私の身近なところに「微細構造定数α」が潜んでいた(注4)。1974年、東京大学の安藤恒也たちはSiMOSFETを超低温(絶対温度1・5度)強磁場(4~20テスラ)に置き、2次元電子ガスを測定すれば、ホール抵抗が段階的に変化することを予言し、これを実験で明らかにした。1980年に西独のクリッチンクがより詳しく調べ、ステップ状に変わるホール抵抗から「微細構造定数α」を求め得ることを示した。彼はこれを「量子ホール効果」と命名し「フィジカル・レビュー・レターズ」に発表した。

1982年3月、米国ベル研究所のツイ、シュテルマーらは、GaAsとAlGaAsのヘテロ接合からなる2次元電子ガスの振る舞いを超低温、強磁場で測定し、「分数量子ホール効果」を発見し、同年の「フィジカル・レビュー・レターズ」に発表した。「分数量子ホール効果」にも「微細構造定数α」が現れる。

半導体デバイスを開発するとき、まず電子の移動度を測定する。半導体結晶に複数の電極を設け、X方向に電流を流し、Z方向に磁場をかけると、Y方向にローレンツ力が働き、移動度が高い結晶ほど高い電圧が発生する。移動度の逆数がホール抵抗に相当する。私たちも197 9年から80年にかけGaAsとAlGaAsのヘテロ接合からなる2次元電子ガスの移動度を測定していた。温度は、液体窒素「絶対温度77度」(マイナス196℃)から室温まで、磁場も1テスラ以下と調べる範囲が狭かった。だからホール抵抗が、極低温・強磁場で段階的(量子的)に変化することなどは、想像することも出来なかった。当時の私は安藤恒也たちの論文の存在を知らなかった。いわんや「微細構造定数α」が自分たちの仕事に関係していることなど思いもよらなかった。高電子移動度トランジスタ(HEMT)の実用化を急ぐあまり、半導体材料の基礎的な調査を怠っていたのである。まともなリーダーなら「ホール抵抗を極端に低い温度や強い磁場で測定してみたら、どうなるだろう」と指摘していたに違いない。優秀な研究員が揃っていただけに残念な思いはある。

（注1）アーサー・I・ミラー著　阪本芳久訳「137　物理学者パウリの錬金術・数秘術・ユング心理学をめぐる生涯」草思社　2010年
（注2）ジョン・D・バロウ著　松浦俊輔訳「宇宙の定数」青土社　2005年
（注3）ファインマン著　釜江常好・大貫昌子訳「光と物質のふしぎな理論　私の量子電磁力学」岩波現代文庫　2007年
（注4）福田益美著「電磁波を拓いた人たち」アドスリー　2008年

2023・5・23　記

セレンディップの三王子

1820年春のある日、エルステッド(注1)は電線に電流を流すと、そばに置いた方位磁石が北でない方角を指すことに気づいた。スイッチを切ると方位磁石は元に戻る。この不思議な現象を調べているうち、通電すると導線を囲む円形の磁場が形成されることを見つけた。この発見は、電磁気学の基礎となった。

グッドイヤー(注2)は、ゴムに硫黄を混ぜ、誤ってストーブに接触させてしまった。ゴムは焦げた革のように固まったが、よく見ると周りに乾燥した弾力のある褐色の物質が付着していた。1839年の冬の出来事である。当時のゴムは、冬にはかちかちに固まり、夏には融けて液状になるという代物であった。たまたまグッドイヤーの前に現れた新種のゴムは、分子同士が網の目状に連結して弾力性に富んでいた。温度変化や摩耗に強いことも分かった。

フレミング(注3)の実験室は雑然としていた。1928年のある日、彼は廃棄前のペトリ皿をちらっと見た。黄色ブドウ球菌を一面に育てたペトリ皿の培地に、たまたま紛れ込んだカビのコロニーに気付いた。カビの周囲だけ透明で、ブドウ球菌が育っていないのを見つけた。調べるとアオカビの一種であった。それを培養・濾過した液から、はじめて抗生物質が見つかった。彼はそれに、アオカビの属名であるPenicilliumにちなんでペニシリンという名前を付けた。

「Serendipity：セレンディピティ」という言葉を初めて使ったのは、18世紀中頃に活躍したイギリスの政治家、貴族で小説家のホレス・ウォルポールである。彼はヨーロッパ旅行中にフィレンツェ駐在の英国大使ホーレス・マンと懇意になり、その後45年間に1800通にのぼる手紙を取り交わしている。1754年1月28日付の手紙の中で、ウォルポールは「偶然と才気によって幸運をつかむ、あるいは価値あるものを見つけること」に対し、Serendipityという新語をあてた。彼は手紙の中で「この新しい言葉は、子供のころ読んだペルシャのおとぎ話『The Three Princes of Serendip：セレンディップの三人の王子』に由来する」と説明している。

＊　＊

むかしジャッフェルという偉大な王様が、セレンディップの国（現スリランカ）を治めていました。彼には大切な3人の王子がいました。3人には最高の家庭教師をつけ、道徳、政治、一般教養を学ばせました。溢れるような知恵と機転を備えた上に学問を身につけた王子たちは、とても謙虚でした。王子たちをさらに鍛えようと考えた王は、彼らに海外で経験を積むよう命じました。

ペルシャに到着した王子たちは、ひどく落ち込んでいるキャラバンの隊長に出会います。王子たちは、一体どうしたのかと尋ねると、

「ラクダを一頭見失って困っている。旦那たちはラクダを見ませんでしたか?」と尋ねます。

王子たちは、途中でそれらしき動物の足跡をみたのを思いだし、一番上の王子が、

「そのラクダは片目が見えないでしょう」

2番目の王子は

「歯が1本抜けているでしょう」

末の王子は

「足が不自由でしょう」と答えました。

隊長は

「これはたまげた。そのとおりだ」とお礼を言って王子たちが指差した道を探しますが、30キロメートル以上進んでもラクダは見つかりませんでした。頭にきた男は、翌日3人に追いつき、不平をまくし立てました。

「おれを馬鹿にしたな。どういうつもりだ?」

上の王子は

「あなたを笑いものにしようと、いい加減なことを言ったのではありません。ではききますが、あのラクダは片側にバターを、そして反対側には蜂蜜を積んでいませんでしたか?」2番目の

王子は「ラクダにはご婦人が乗って……」

末の王子は「そのご婦人は身ごもっていたでしょう」と付け加えました。これを聞いた隊長は、彼らが自分のラクダを盗んだに違いないと信じ込んでしまいます。

彼らが都につくと、男は王子たちを盗みの疑いで訴え、3人は捕えられてしまいました。この噂はベーラム皇帝の耳にも入り、街道の安全を考えていた皇帝は、自分で裁くことにしました。3人の囚人の前で、キャラバンの隊長はありったけの話をします。ラクダはペルシャではたいそう貴重な動物です。ベーラム皇帝は有罪の判決を下しました。

「おまえたちは死罪に値する。しかし私は法の厳しさより、寛容が好きだ。もし盗んだラクダを返せば、おまえたちを許そう」。王子たちは答えます。

「陛下、わたしどもは各国の風習や仕組みを学ぶため世界を旅している若者です。陛下の領土に入ったらラクダを見失った男に会いました。見もしないラクダについてまるで見たかのように話したため、こうして訴えられたのです。ラクダを盗んではいません」

皇帝は「魔法使いでも、あれほど正確にラクダの特徴を描写できない」と王子たちを牢屋に入れてしまいました。

そんな中、キャラバンの仲間の1人が、街道で件のラクダを見つけ、王子たちの疑いが晴れました。皇帝は見たこともないラクダを3人がなぜあれほど正確に言い当てることが出来たか尋ねました。一番上の王子は答えました。

セレンディップの三王子

「道端の草の左側だけ食べられていたので、右目は見えないと思っただけです」

2番目の王子が続けます。

「草を噛んだ跡を見て、歯が1本ないと思ったのです」末の王子が付け加えました。

「道に片足を引きずった跡があったので、足が悪いと推定したのです」

そして3人は次々と説明しました。

「道の片側にはアリの行列が、反対側にはハエが飛び交っていたので、アリの方はバターでハエの方は蜂蜜だと思っただけです。ラクダの座ったあとに、ご婦人の靴跡を見つけました。地面に手を押し付けた跡から推定すると、彼女は身ごもっていたのでしょう」

ベーラム皇帝は王子たちの話を聞いて、彼らの洞察力に驚きました。そして3人に立派な館と国の高官以上の待遇をあたえました。王子たちはこれに応え、推理と知恵を使って皇帝の暗殺計画を暴くなど大きな貢献をしました。やがて王子たちはペルシャからセレンディップに戻り、それぞれの国の王様になって幸せに暮らしました(注4)。

＊　＊

1976年、富士通研究所にいた私は、三村高志(注5)さんと横山直樹(注6)さんにGaAsMOSFETの開発を指示した。翌年8月、横山さんはGaAs表面を低温プラズマで酸化する方法を考案し、MOSFETを試作した。その成果は三村・横山共著の論文として1978年6月にIEEEのED誌に掲載された。高周波の動作は良好だが、電子がGaAs結晶と酸化膜の界面で捕えられるため、低周波分散が起きるという問題があった。シリコンとシリコン酸化膜の界面のように、うまく2次元電子ガスが出来ないからである。1979年6月、三村さんはGaAs MOSFETの論文を発表するため、アメリカのDRC(デバイス研究会議)に出席し、欧米のGaAs/GaAlAsのヘテロ接合を研究している人々と議論した。

帰国後しばらくして三村さんは、私にGaAs酸化膜の代わりにGaAlAs結晶層を使うヘテロ接合型FETを提案した。彼は、MBE(分子ビームエピタキシャル)装置を開発していた冷水佐壽《ひやみずさとし》(注7)さんにGaAs結晶上に高濃度n型GaAlAs結晶を連続成長させるよう頼んだ。こうして1979年の暮れには、ヘテロ接合面に2次元電子ガスを持つHEMT(高電子移動度トランジスタ)が誕生したのである。

GaAs MOSFETの研究、DRC参加での議論、MBE方式による結晶成長などに加え、洞察力に富む三村さんに、セレンディピティという幸運の女神が微笑んだのは、間違いないと思う。彼女は準備している人だけに笑顔を見せ、後ろ髪がないと言われている。

(注1) ハンス・クリスティアン・エルステッド(1777~1851)デンマークの物理学者、化学者。電流が磁場を形成するという発見は、たんなる幸運だけではなく、日頃の注意深い観察力の賜でもあった。1825年に初めてアルミニウムの分離に成功している

(注2) チャールズ・グッドイヤー(1800~1860)アメリカの発明家。当時新素材であったゴムに

興味を持ち、極貧に耐えながら実用化をはかった。1844年、加硫ゴムの特許を取得したが、不遇のまま死亡している。1898年、アメリカ・オハイオ州に自動車タイヤメーカーが設立された。

彼の偉業に敬意をはらい社名を「グッドイヤー・タイヤ・アンド・ラバー・カンパニー」とした。

（注3）サー・アレクサンダー・フレミング（1881〜1955）イギリスの細菌学者。1940年、彼の論文を読んだオーストリアのハワード・フローリとオックスフォード大学のエルンスト・チェーンがペニシリンを医療に使えるレベルまで精製した。1945年、フレミング、フローリ、チェーンにノーベル医学生理学賞が与えられた

（注4）竹内慶夫編訳「セレンディップの三人の王子たち〜ペルシアのおとぎ話」偕成社文庫　2006年　冒頭部分だけを短くして紹介した

（注5）三村高志（1944〜）HEMTの発明者　富士通研究所名誉フェロー　発明協会恩賜発明賞　紫綬褒章　応用物理学会業績賞　京都賞などを受賞

（注6）横山直樹（1949〜）ナノテクノロジー研究者　セルフアラインメント高融点ゲートGaAsLSIの開発　富士通研究所フェロー　東京大学客員教授　応用物理学会副会長　ヤングサイエンティスト賞　モーリス・N・リーブマン記念賞などを受賞

（注7）冷水佐壽（1943〜2019）MBE結晶の研究者　富士通から大阪大学基礎工学部へ移り教授、学科長を歴任　モーリス・N・リーブマン記念賞などを受賞

挿画の三王子は、竹内慶夫編訳「セレンディップの三人の王子たち〜ペルシアのおとぎ話」の表紙の絵（増田幹生氏デザイン）の一部から借用した。

2010・6・1　記

E.T.

「なぜ家にはテレビがないの？」

「『貧しいから親が買ってくれない』と答えなさい」

「いやだ。恥ずかしくてそんなこと言えない」

当時の次男とのやり取りである。長男は、友達とのテレビの話題は避けるようにしていたそうだ。長女はまだテレビそのものをあまりよく理解していなかった。

結婚したとき私は、UHFテレビ中継局の送信機に使うトランジスタの開発、製造に携わっていた。それを知った義父が、結婚祝いにと最新の真空管式大型カラーテレビを買ってくれた。4年後、富士通の研究所へ転勤してからも、川崎の社宅でそれを愛用した。世のテレビはすでにトランジスタ式に変わっていた。

私には学生時代に白黒テレビの組み立てキットを買い、完成させた経験がある。3年生の夏休みの工場実習では、カラーブラウン管開発のお手伝いをしたことがある。だから我が家のテレビが、時々不調になっても平気の平左だった。その都度、秋葉原へ行って交換部品を求め、修理しながら大切に使ってきた。

鶴川に引っ越してしばらくすると、ついにテレビの画面が映らなくなった。原因を調べると、高圧電源や真空管が駄目になったことが分かった。秋葉原で探したが、もう交換部品がない。真空管式テレビなど誰も必要としなくなったからである。トランジスタ式に買い換えてもいいのだが、「この際、テレビのない生活も経験してみようか」と妻に持ちかけたところ、賛成してくれた。

子供たちは、新しいテレビが来ると期待していたと思うが、どうやら親に買う気がないことに気づき始めたようである。テレビがないと、夕食時の会話が増え、子供たちは本を読むようになる。１９８２年のクリスマス前、日本へも映画「E．T．」がやって来た。前評判を聞いて、家族全員で映画館に行った。

＊　＊

太陽系から遠く離れた星から、宇宙人たちがやって来て、アメリカのある森に着陸した。彼らの目的は、地球上の植物を観察し、サンプルを採集することである。植物を探して崖の上まで来てしまった宇宙人の一人が、住宅地の灯がつくる光の海に驚き、近づこうとして宇宙船から遠く離れてしまう。宇宙船がやって来たことを知った政府機関の人間たちが車で迫ってきた。気付いた宇宙人たちは、宇宙船で逃げてしまう。遠くにいた宇宙人１人が取り残されてしまっ

映画「E.T.」より

た。その顔つきは、どこか懐かしく、憂いに満ちたアインシュタインに似ている。誰もが一日で〝甲羅のない亀〟のような宇宙人の味方になってしまう演出は凄い。

宇宙人（Extra-Terrestrial：E．T．）と10歳のエリオットの交流が始まるが、エリオットの母親は自分の家にE．T．が匿《かくま》われていることを知らない。

政府機関はE．T．を探し続ける。E．T．を何とか隠そうするエリオット兄弟や友人たちの行動が実に面白い。

交流を重ねるうちにエリオットとE．T．は、お互いの感覚も共有するようになる。留守宅でE．T．が冷蔵庫からビールを取り出して飲むと、学校で授業を受けているエリオットが酔っ払ってしまう。E．T．がテレビで映画「静かなる男」を見てジョン・ウェインとモーリン・オハラのキスシーンに見とれていると、学校ではエリオットが好意を懐いていた女の子にキスをする場面に観客が大喜びした。

E．T．は、「セサミストリート」で英語を習い、人間の生活を理解するうち、遠く離れた故郷に電話をしたいと言い出す。E．T．はエリオットの兄マイケルが集めたガラクタを使って通信機を作り上げる。マイクロ波通信機の構造を多少、知っていた私もこれには感心した。

ハロウィーンの日、エリオットとマイケルはE．T．に白い布を被せ、自転車に乗せて郊外の森に連れ出す。手製の通信機でかろうじて連絡を取ることができたが、E．T．は帰り道に迷い、川に落ちて流されてしまう。翌朝マイケルが瀕死状態のE．T．を見つけ、家に運ぶが、感覚を共有するエリオットも体調を崩していた。

すでに政府機関の科学者たちはエリオットの家にE．T．が匿われていることを察知し、監視していた。仮設研究所がつくられ、防護服を着た科学者たちはエリオットとE．T．の治療を始める。エリオットは回復したものの、E．T．は器官が停止し死亡と判断された。冷凍コンテナに収められたE．T．に悲しみにくれたエリオットが語りかけると、突然E．T．の胸が赤くなり蘇生する。

そしてE．T．は迎えがきたと告げる。マイケルはE．T．を車に乗せて逃走、途中でエリオットの自転車に乗り換え、郊外の森へ急ぐ。警察に追い詰められるので、E．T．は最後の念力を使って子供たちを空中に浮遊させた。唖然とする大人たちを眼下に見て、エリオットたちは森の中に辿り着く。やがて連絡場所に宇宙船が現れ、別れとなる。宇宙船が見えなくなった空には、美しい虹がかかっていた。

＊　＊

大型スクリーンで見るスピルバーグのＳＦに家族全員が興奮した。「映画ってこんなに面白いの。また見ようね」と子供たちは大満足である。これも日頃テレビを見ていないからだと少し感慨に耽った。

何度目かの不況のとき、ボーナスの代わりに金券が配られた。関連会社の電気製品が買えるというので、富士通ゼネラルのトランジスタ式カラーテレビを買った。

1987・12・25　記

サツマイモの致死量

「400を超えている。コレストロール値が高いですね」。かかりつけ医がそう言った。30年ほど前のことである。「エビやカニがお好きかも知れませんが、これからは控えるように」と付け加えた。

思い当たるフシはあった。その昔、アメリカ東海岸の顧客を頻繁に訪問していた。ビジネスをサポートしていたのは、代理店のボブである。「夕食は何がいい」と尋ねるので、私は「メイン・ロブスターを食べたい」と言った。彼はフィラデルフィアの海鮮レストラン「BOOKBINDER'S」へ案内してくれた。7回目にそこを訪れたとき、店長が紺色のTシャツを手に現れた。胸のところに白い大きな飾り文字で「Dr. Lobster」とプリントされている。驚いてそのわけを尋ねると、ボブが特別に注文したらしい。そのTシャツはしばらく愛用した。

たまには、帰りにアンカレッジ経由便を選んだ。給油の間に空港の鮮魚売り場を訪れるのが楽しみだった。ゆうに30センチを超える生きたロブスターを半ダース買い、氷で冷やして成田まで運んだこともある。空港から「大きな鍋に湯を沸かして待っていろ。塩は適当でいい」と電話した。帰宅するや、まだ動くロブスターを湯にぶち込む。ガサガサとかキューとか音がするが、蓋で押えこんだ。赤く茹で上がったのを、家族全員で1匹ずつ賞味した。いままで何匹のロブスターが私の胃に入ったことか。伊勢エビは高いのであまり食べていない。カニはボストンやサンフランシスコで飽きるほど食べた。

体に良いと思われる食物もそれだけを大量に食べ続けると害になるそうだ。例えば牛レバー。ビタミンAが多く含まれているが、食べ過ぎると、肝臓に蓄積されて、頭蓋内圧を危険レベルまで上げてしまうらしい。200キログラムが限界だそうだ。アボカドにはバナナの2倍のカリウムが含まれる。多量に摂れば血管にダメージを与え、心臓の規則的な鼓動を阻害する。限界は、250個あたりらしい。

致死量は、死に至らせるのに十分な薬物などの量を体重1キログラムあたりミリグラムで表示する。一般には急性、あるいは短期間に摂取する量を指すらしいが、長いあいだに蓄積される致死量というのもあるのではないか。もしエビやカニにその類いの致死量があれば、私はすでに超えているはずだ。

戦後しばらく、お米は貴重だった。ご飯の代わりに蒸《ふ》かしたサツマイモをよく食べた。高級

焼き芋「紅はるか」

品の「金時」などは手に入らない。「農林1号」は、砂利まみれの河原の畑でもよく育つ。嵩はあるが、少しも甘みがない。母は「農林1号」の蔓《つる》まで炒めておかずにした。「サツマイモはもう嫌だ。一生食べない」とまで言った。そのときサツマイモは、私の致死量を超えたと思ったからである。

長らく田舎の裏畑にあった焼却炉がついに壊れた。昨年秋に、ネットで新型焼却炉を注文したところ、製造業者がわざわざ運んでくれ、使用法まで教えてくれた。元自動車のエンジンの設計者である彼は「吸気・排気を促すのに、煙突の位置が最も重要だ」と燃焼工学の基礎まで教えてくれた。

今年の正月は、子供の家族と一緒に岐阜の田舎で過ごした。息子の伴侶がサツマイモ「紅はるか」を10個ほど買ってきた。湿らしたティシュペーパーでそれを包み、さらにアルミホイールで覆った。新型焼却炉の残り火に入れて1時間待つと、立派な焼き芋ができ上がった。私は皆が食べるのを待った。あまり美味しそうなので、口にして驚いた。ホクホクとして、しかも蜜のように甘い。仮にサツマイモに蓄積致死量があるとしても、それに達するのは、まだまだ先だ。

2023・1・5　記

激辛カレー

今でもカレーには目がない。「CoCo壱番屋」の5辛までは食べることができる。若い頃、本場で鍛えたお蔭だ。

1976年6月13日の日曜日、私たち3人はニューデリー空港に到着した。出迎えてくれたのは、丸紅のニューデリー支店長と販売担当者である。当時、私は富士通研究所で高出力GaAsFETを開発していた。富士通の無線システム部門は、それをマイクロ波多重通信機に採用してくれた。この多重通信機を海外へも売ろうと、インド政府に持ちかけたところ、「高出力GaAsFETなど聞いたこともない。説明しろ」とのことで、私に声がかかったのである。多重通信機を開発した今村部長が、出張の采配を振ってくれた。丸紅の方々の名前や、インド政府高官とのやり取りは、残念ながらもう思い出せない。ただ忘れ難いこともあった。

政府高官と雑談をしているとき、私が「ホテルの水も安心して飲めない。インドの飲み水には、なぜアメーバやバクテリアが多いのか」と尋ねた。上水道の整備状況などの説明を期待していたら、「インドはまだ貧しい。水道水も貴重なタンパク源だ」と躱《かわ》された。

夕食は、支店長宅か、販売担当者宅の何れかでご馳走になった。月曜日の晩は、カレーが出た。支店長宅お抱えのコックが尋ねるので「Very good」と答えた。次の晩は、担当者宅で野菜カレーか何かだ。コックが尋ねるので「A little bit hot. But delicious」と言ったような気がする。水曜日の晩は、ふたたび支店長宅である。鶏肉か何かのカレーだった。「Hot. But excellent」と応じたと思う。17日、担当者宅でご馳走になったときは、辛くてもう食べることができない。「Very hot. But I enjoyed」と言って半分残した。最後の晩は、全く食べることができず、支店長に「もう駄目です」と謝った。この間、ホテルや市内のレストランで何を食べたか、全く記憶にない。

日曜日にはタージ・マハルまで出かけ、白亜の宮殿を見学した。ニューデリーから車で4時間以上もかかった。タクシーにはエアコンがついていない。窓を開けようとすると「50℃の熱風が入るので我慢してくれ」と止められた。復路、舗道の上をたくさんの牛が、ゆっくり歩いて来る。タクシーの運転手は、すべての牛が立ち去るのを待っていた。

21日の月曜日、帰国便を待つ間に、支店長はカレーの味がだんだん辛くなった顚末を教えてくれた。コックたちは毎晩、電話で連絡を取っていたらしい。私が「旨い」というたびに、トウガラシの量を増やして味を競ったそうだ。空港でかなりの量のカレーパウダーを買った。その後2年ほどは、本物のインドカレーを楽しむことが出来た。

高出力ＧａＡｓＦＥＴの信頼性に疑念があるとの理由で、インド政府からの受注に失敗した。他社の真空管式通信機が採用されたらしい。新しく誕生したＦＥＴが信頼できることを、実績で示す必要がある。この苦い経験が、通信衛星に搭載可能なＦＥＴの開発へと繋がる。我々のＦＥＴを搭載した世界初の全固体化通信衛星ＳＡＴＣＯＭがケープカナベラルから打ち上げられ、運用を開始するのは１９８２年である。

２０２２・９・19　記

寝床

「だいたい旦那の声が、人間の声ならそりゃ聞きますよ」

「あの声は人間の声じゃない。滅多に聞けない声だ。ご隠居に聞いたら、若い時分に旅をしていて、山火事にあい、蟒蛇《うわばみ》が焼き殺されるとき、ああゆう声を出したそうだ。あんな声をだすのを、警察がどうしてうっちゃっておくのだろう。ところがあれを取り締まる法律はないのだってね」

……長年勤めてきた番頭の彦兵衛が、奉公人の代表として一段だけという約束で、旦那と差し向かいで聞かされます。その拷問に耐えかね、進退窮まった番頭は、蔵の中へ逃げ込み戸を閉めてしまいます。しかし旦那は梯子をかけて追いつめ、義太夫を窓から語り込みます。

「そのあくる晩だよ、あの番頭がいなくなったのは。書置きを残して、行方不明になってしまった。どうなったと旦那に聞くと、いまドイツにいる」(注1)

五代目古今亭志ん生（1890~1973）は、まくらで湯屋での発声練習風景をたっぷりと聞かせ、続いて旦那の義太夫に対する店子や奉公人の悪口や怨念をこれでもかと演じた。ところが、本来の〝落ち〟へ行くまえの、お客がワッと受けたところで下げてしまう。下手な義太夫をむりやり聴かせようとする旦那、あの手この手を使ってそれから逃げようとする店子や奉公人たち。落語の「寝床」は、今風に言えばパワハラをテーマにしている。

神戸工業へ就職した私は、神戸市長田区大谷町3丁目にある独身寮に入った。山陽電鉄の西代駅から急な坂道を上った先に木造2階建ての「青葉寮」があった。戦前（川西機械時代）からの建物なので、老朽化が著しく、毎年、消防署から「防火上問題あり。早く建て直せ」という警告書が届いていた。玄関を入ると、左手に12畳ほどの食堂、右手に6畳の風呂場があり、1階と2階にそれぞれ4畳半の個室が並んでいた。風呂場の上だけが6畳で、牢名主の部屋と決まっていた。そこには10年以上住み続ける藤原さんがいた。先代はソニー（当時は東京通信工業）へ転社した江崎玲於奈さんである。１９６７年に藤原さんが結婚したあと、私がその後へ入った。風呂場から桶の音がよく響く。志ん生のまくらのように、湯のなかで歌う寮生までいた。

私は実家から自作のステレオ装置を運び、ＬＰレコードを楽しんだ。メンデルスゾーン、チャイコフスキー、ベートーベンのバイオリン協奏曲が大好きだった。あろうことか大枚を叩《はた》いて元町の楽器店からバイオリンを買っていた。楽譜が多少読めたので、独学でバイオリンを始め

た。よく鋸《のこぎり》の目立てと言うが、自分ながら情けない音しか出ない。これに刺激されたのか、寮生の田中さんがチェロを手に入れウシガエルのような音を響かせる。安川さんはグランドピアノを買ってきて4畳半に無理矢理押し込んだ。彼にはもう寝床がない。

後輩たちにとって、鋸の目立てやウシガエルの声、天井が落ちるほど響くピアノの音は、入寮のとき予想もしなかった大災害だ。今では笑い話だが、上手くなったら3人で合奏しようと話しあったことがある。幸いにも、この機会は訪れなかった。会社から帰れば必ず何れの音が襲ってくる。後輩たちは腹立たしかったに違いない。しかし私に面と向かって抗議する者はいなかった。この災難から逃げるため、「寝床」の店子や奉公人たちみたいに、色々工夫をした。残業する者が増えた。早めに結婚する者もいた。他の者は町に出て深夜まで帰って来なくなった。

後年一緒に仕事をするようになった金田さんに「どうしてそんなに酒が強いの」と尋ねたことがある。金田さんは開いた口が塞がらないという顔をして言った。「あなたの鋸の目立てを聞かなかったら、これほどの大酒飲みになっていない」

（注1）昭和40年3月7日、NHKで放送された。志ん生はドイツを都々逸にかけたらしい。

2008・4・29　記

最後の手紙

トラック3台分のゴミが出た。土間のスペースのほとんどを祖父母や父母の遺品が占めていた。母の使った仮設の能舞台、作り物や小道具などが思いのほか多く、それだけでトラックが2往復した。廃品処理業者がこれらを運び出すと、結婚する前にしまい込んだ思い出の品々が現れた。子供の頃の絵や工作、賞状、それに母親や知人からの手紙が随分とある。かさ張るものは処分した。詩や短編をなぐり書きした原稿用紙まで出てきた。若い頃の文章は拙く、いま読むと恥ずかしい。しかし老いぼれの身にはもはや表わさぬ瑞々《みずみず》しさがある。一部をパソコンに入力、USBメモリーに保存した。ボロボロの原稿用紙は焼いた。以下は25歳のときの習作だが、もちろんフィクションである。

＊　＊

「サキちゃん手紙をありがとう。僕はしばらく君の前から姿を消そうと思います。君から貰った27通の便りは今朝すべて焼きました。不思議と晴れ晴れとした気分になりました。これからどんな事があっても大丈夫な気がします。君が書いたように、僕はサキちゃんがいなくても生きていける強い人間ですから。『私にどんな男の人が相応しいか教えていただいたことに感謝します』ともありましたね。僕こそ言いたい。『サキちゃんありがとう。僕という土塊《つちくれ》に、神を意識させ、芸術を愛する心を育ませ、鉄の意思を授けてくれた君に感謝したい』と。僕からの便りや贈り物などはすべて焼いて下さい。シューベルトの『未完成交響曲』は、彼の死後に発見されました。しかし僕たちの『愛のコンチェルト』は、誰に見られてもいけないからです。僕は鉄より強い鋼のような人間になりたい。そして君に勝るとも劣らぬ女性を見つける勇気を持ちたい。君の幸せを春の日差しのような男よりもっと願っています。さようなら。昭和40年9月8日　藤原茂樹」

インクが乾くのを待って、手紙を角封筒に入れ、封の上にロープの結び目の絵を描いた。もう一度宛先を確かめ、椅子からゆっくり立ち上がった。机の引出しから小瓶を取り出し、水筒を携え郵便局へ向かった。会社には、電話をかけて母が急病だと偽り、3日間の休暇を申請した。独身寮を出るとき「オレは、最後までピエロを演じるのだ」と呟いた。郵便局から30分も歩くと塩屋の浜に出る。台風が近付いているらしいが、小波が立っているだけだ。

彼はヨットに乗るのが好きで、よくレンタルで淡路島まで往復した。大小のディンギーが10隻ほど、砂浜に引き上げられていた。顔見知りの源《げん》さんに「今日は由良港まで行ってくるよ」と半日分の料金を払った。「今は微風だが、夕方から時化《しけ》るかも知れない。早めに戻っておいで」

と忠告してくれた。帆（セイル）を通したマストを立てる。帆桁（ブーム）のロープ作業や舵（ラダー）の取り付けまで源さんが手伝ってくれた。彼が救命胴衣をつけ終わると、源さんと一緒にディンギーを押し、海に浮かべた。水深を見計らってから、センターボードを降ろした。「どうやら太平洋に出ることができそうだ」と一息ついた。源さんに「申し訳ない」と黙って頭を下げた。ディンギーは静かに砂浜を離れた。

大型船が行き交う航路を突っ切った後、タッキングを繰り返し、淡路島に沿って南下した。由良港も過ぎ、右手後方に見えていた淡路島がかすんだ頃、ディンギーはヒール（風下側に傾き）、速度も増した。蒲生田岬灯台が見えてきた。その先はもう太平洋だ。しばらく小瓶を見つめていた。なかには診療所長に不眠を訴え、2ヶ月ほどかけて貯めた催眠剤が入っている。幸いあたりに船影はない。艇首（バウ）も南東を向いている。「よし」と錠剤を全部口に放り込み、水筒の水で一気に胃に流し込んだ。セイルを引き込み、8の字結びにしたロープをフックに掛けた。ラダーも固定した。横になるスペースはない。両足をフットベルトにかけ、腰を下ろした。船底にぶつかる波音がしばらく耳についたが、意識がぼんやりしてくる。どのくらい時間が経ったのか、右舷方角から大型船の警笛が聞こえる。ロープを解いて取舵にしようとしたが、もう体が言うことを聞いてくれない。子供のころ母が寝る前に本を読んでくれたときみたいに、目の前に七色の玉が浮かんでくる。それらが遠くへ遠くへと去ってゆく。

藤原茂樹は昭和34年4月、名古屋のある大学に入った。岐阜の実家に母と祖母、それに妹が住んでいた。中学生のとき父が病没したので、残った家族は慎ましく生きた。彼が大学入試に失敗したとき、母は1年の浪人を許してくれた。次の年もその大学には縁がなかった。不合格を母に知らせると「お願いだから、今度は諦めておくれ。お父さんには申し訳ないが、もうお前を浪人させる余裕はない」と涙を流した。2度も同じ大学に振られると、世の中の全てから見放された気分になる。自分の実力も分かったので、第2志望の大学を受験した。当時どこの大学も工学部の人気は高かった。二期校だったこともあり、その大学の電気工学科などは、教室一杯の受験生の中で、2～3人だけが合格するという異常に高い倍率だった。幸いにも合格できた。入寮手続き、入学式、新人歓迎会などもすみ、新しい環境に馴染んだころ、その春地元の建設会社に就職した高校の先輩が、家庭教師の跡継ぎはどうかと紹介してくれた。

恩田家の主人は、旧財閥系会社の営業担当役員である。美人の奥さんと子供が3人いた。長男が高校2年の聡《さとし》、長女が中学2年の美咲《みさき》、次男が小学6年の猛《たけし》である。家庭教師の役目は、子供たちの勉強を見てやることだった。テレビの影響か3人ともいわゆる現代っ子である。やがて子供たちも彼に馴染んできた。最初は、先生とか藤原さんとか呼んでいたが、やがて「フジさん」と略し始めた。彼も、長男は「サトシ君」のままだが、長女の美咲を「サキちゃん」、次男の猛は「タケ坊」と呼ぶようになった。恩田家には週に2回通う約束だったが、1年後には週に3回、ときには4回も足を運ぶようになる。その理由は寮のまずい夕食に比べ、恩田夫

S1096

人の手料理がとても美味しかったから、そして中学3年生になった美咲を意識し始めたからである。

小さいときから、女の子には人一倍関心が強かった。そのくせ家族や友達には「女の子なんて」と素知らぬ顔をしていた。10軒ほど離れたところに、子供ながら可愛いと思う女の子がいた。名前は浪子《なみこ》。小学校2年生のときだったか、クラスの友達が家に集まったことがある。10人ほどの中にどうしたことか浪子の姿がない。彼は失望した。母が「茂樹、浪ちゃんを呼んでおいで」と言ったが、「いやだ、あんな泣き虫なんか僕は大嫌いだ」と頑として動かなかった。

小学4年になって四国から真理子が越してきた。彼はクラスの中で一番遅くまで真理子と口をきかなかった。彼女は小柄で少し色黒く、運動の万能選手だった。特に100メートル競走では上級生が負けるほどである。走るときいつもビリだった彼は、彼女を意識せずにおられない。夏休みが終わっていっそう日に焼けた真理子は、髪を短くして現れた。可愛いなーと見直した。12月の学芸会で「ヘンデルとグレーテル」の劇をやることになった。担任の先生が、「ヘンデルは藤原君に、グレーテルは誰にしようかな」と言った。「ああ真理ちゃんが、なってくれたらいいな」と密かに願った。先生が「大崎さんではどうかな、藤原君」と言ったので、心臓が飛び出そうになった。真理子の名字が大崎だったからである。顔を赤くするのも気づかれそうなので、そしらぬ顔をして「大崎さんでもいいですが、僕はヘンデルをやりたくありません」

と答えた。ヘンデル役は別人になった。家に帰ってから何故「やります」と言わなかったのか悔やんだ。でも何か良いことをしたような気もした。5年生の3月に担任の先生が転勤することになった。最後の日、先生が希望者のノートに何か一言ずつ万年筆で書いてくれた。列をつくり順番を待っていると、彼の前が偶然にも真理子だった。彼女のノートを覗き見すると、先生は「可愛い真理ちゃん、さようなら。ときどきハガキを下さい」と書いた。彼は一番大切なものを壊されたような気がした。突然、先生が嫌いになり、同時に真理子が普通の女の子に見えてきた。先生が「次は誰かな」と言ったとき、もう自分の席に戻っていた。

中学に入り、学年の人数が倍増した。女の子に対する考えも少し贅沢になる。ただ可愛いというだけでは心が動かない。その後2年にわたり甘酸っぱい思いを寄せたのは、上級生の愛希《あき》子《こ》である。入学式で彼が新入生代表として挨拶をしたとき、後ろの方で彼を見つめる愛希子の大きな瞳があった。彼女が放送部でアナウンサー役をしていることを知って、早速放送部へ入った。放送室の棚にはSPレコード盤が30枚ほど並んでいた。ベートーベンの「運命」をはじめて聞いたのは放送室の中である。生徒会でもよく彼女と一緒になった。愛希子の話は面白く、受け答えにも非の打ち所がない。実力試験があると、廊下に成績表が張り出される。彼はわざわざ隣の校舎まで出向き、彼女の名前がいつも1番のところにあるのを見て、密かに喜んだ。2年生の夏休み、県の生徒会講習会があった。当時生徒会長をしていた愛希子と副会長の彼が参加した。約1週間のプログラムは、講師の話や自由討論、海水浴、キャンプファイヤーなどと盛りだくさんである。今でもはっきり憶えているのは、30人ぐらいが集まり、鬼役の合図で誰かを捕まえるゲームである。奇数の場合、誰かが残り、次の鬼になる。何度目だったか、彼はもう少しで鬼になりそうになった。すぐ前に愛希子がいたので思わず捕まえた。彼女は「キャー」と声をあげ「まあいやらしい。後ろから抱きつくなんて失礼よ。でも藤原君だから許してあげるわ」と言った。大いに羞《は》じたが、愛希子が彼を嫌ってないことを知って内心うれしかった。最終日の夕方、キャンプファイヤーを囲んで、パントマイムゲームが始まった。愛希子に「トウガラシ水を飲まされたニワトリ」という難題が出された。彼女が怯んだので、「代わりに僕がやります」と引き受けた。首を長くしたニワトリを演じ、水を飲む真似をしてから突然飛びあがり、手をバタバタさせて焚き火を一周した。何のことか誰にも分からない。そこでまた一廻りしてから「コッ・コッ・コッ・モウ　ケッコウ」と大声を上げた。発声で失格だが、皆大笑いして拍手をしてくれた。彼女から一層の信頼を得たのは言うまでもない。

愛希子に病弱の弟がいることを知ったのはその後である。弟が悪童たちから虐《いじ》められることがあった。弟をかばい、涙をこらえる後ろ姿に貰い泣きした。家に帰ると机の引出しから講習会の記念写真を取りだし、彼と仲良く並んだ愛希子の姿を飽きずにながめた。「こんな姉さんがほしいな」と思ったが、それも正直な気持ちではないような気がした。茂樹が2年生を終える直前、父が亡くなった。間もなく実力試験があった。いつも学年で1番だった彼は、そのときは2番になった。廊下に張り出された成績表をみた愛希子は「今度は仕方が無いね。だってお父さんが亡くなってすぐだから」と慰めてくれたが、成績が下がったのは父の死のせいではないような気がした。ただ「また1番になるよ」と答えた。

愛希子は地元の高校へ首席で入学した。新入生を代表して挨拶をしたそうだ。彼も同じ高校に入った。6月ごろ学年別の実力試験が実施され、廊下に上位20番までの名前が張り出された。愛希子の名前はもうなかった。彼女が急に勉強をしなくなった理由は分からない。彼と同じクラスに病気がちの女生徒がいた。彼女は国語が得意で、休み時間にはいつも岩波文庫の本を読んでいた。近寄れば壊れそうなので、口をきいたこともない。フォークダンスのとき、静脈が透けて見える彼女の細い手に触れただけである。間もなく彼女は転校した。2～3年生は受験勉強で忙しい。物作りに興味があったので、工学部へ進もうと思った。3年生の最後の授業で、物理の先生は、教科書にある最終章の電気回路を教えないまま「諸君の健闘を祈る」と言って教壇を降りた。どの科目の先生も、自分の授業に対する感想文を宿題とした。彼は、自分の運動神経の鈍い点を指摘する体育の先生が大嫌いだった。最後の悪戯として、スポーツ万能の親友と感想文を交換することにした。親友が書いてくれた美辞麗句の並ぶ感想文に自分の名前を入れて提出した。

小学生のとき、家族で京都旅行をしたことがある。金閣・銀閣寺、平安神宮などを見たあと、ある大学の門の前で父が「茂樹もこんな大学へ入るといいね」と言った。以来その大学への入学が、彼の目標となる。しかし入試に失敗し、味気ない予備校通いである。時々出会う女子校生たちを静かにながめ、「よし大学へ入ったら素敵な女の子をさがそう」とファイトを燃やした。

最初に美咲と出会ったとき、それほど美しいとは思わなかった。ただ清純で海綿のごとく何でも吸収する感じがした。兄妹3人と散歩に出かけたことがある。美咲はきわめて自然に話しかけ、ときには彼の手を取り大きく振って楽しそうに笑った。女の子に手を握られるのは初めてなので、嬉しいというよりむしろ恥ずかしかった。今でも印象に残っているのは、その時の質問である。冷静に考えればその年頃の女の子の何気ない問だったに違いない。「藤原さんは、幾つになったらお嫁さんを貰うの？　どんなお嫁さんがいいの？」。彼が必死に隠している場所を懐中電灯で照らされたような気がした。そのとき何と答えたかはよく憶えていない。聡や猛の勉強を見ているとき、美咲は滅多に顔を見せない。しかし数学や理科が分からないときは「これ教えてフジさん」と突然やって来る。自分の中学時代を振り返り、どうしたらよく分かるように説明できるか考えたが、ときには彼女を混乱させた。彼女はそんなとき少し困った顔をした。恩田家の夕食時はいつも楽しかった。掘り炬燵を囲んで一緒に食事をした。美咲はいつも彼の真向かいに座った。デザートに夏みかんが出ると、彼が酸っぱいのを我慢して食べるのを、白い美しい歯を見せて面白がった。食後、美咲は本を持ってきて彼に読んでくれとせがんだ。隣にぴったりと座る彼女を意識しながら、ゆっくり読んでやった。

昭和36年2月、聡が東京の有名私立大学に合格した。お祝いに駆けつけると、真っ先に美咲が現れ、彼に飛びついた。兄の合格がよほど嬉しかったのだろう。兄思いの彼女がいじらしかった。美咲が運動会の練習で足を痛めたことがある。彼が恩田家へ向かう途中、セーラー服の女の子が彼をちらと見るや片足を引きずりながら逃げるように去った。美咲だとすぐに分かった。一足先に帰宅していた彼女に「足が痛そうだったのに何故走ったの」と尋ねると、「フジさんの姿を見たので、お兄さんと間違われると恥ずかしいから急いで帰ったの」と答えたが、彼にはその意味がよく分からない。猛の勉強を見るときは、早めに恩田家に着く。そして全神経を玄関にむけ、美咲の帰りを待つ。時にはこっそりと、たまにはアイスクリームを片手に「ただいま」と大声を上げる。猛の勉強部屋をのぞき「いらっしゃい」とにっこり微笑みかけ、台所の冷蔵庫から牛乳瓶を取りだすのが常だった。彼女が牛乳を飲むところを見たことはないが、壁越しに想像することはできた。美咲が挨拶しない日は淋しかった。何か学校で不愉快なことでもあったのだろうか、それとも彼がこの家に来るのが嫌になったのだろうかと思った。

毎年子供の日は、恩田家の全員がそろってピクニックへ出かけることにしている。彼も参加を許され、四日市の近くにある御在所岳へ登ったことがある。高さが1200メートルもあるので頂上までロープウェイに乗った。その日の山頂は霧が深く、ミツバツツジが満開で、歩くにつれピンク色の花が、ふわりと目の前に現れる。ぬれた花びらを一つずつ覗き込む美咲の髪もしっとりとしていた。霧の中で美咲と2人きりでいるような気になる。山小屋で一休みして家族が腰を上げたとき、3人のウェイトレスが「とてもきれいなお嬢さんね」などとヒソヒソ話をしていた。彼は駆け足で家族に追いついた。

美咲の勉強が忙しくなると、彼の時間は猛からほとんど彼女に向けられた。彼は美咲に英語のリーダーを読ませるのが好きだった。初めのうちはつまりながら、心もち声を震わせて読むので、彼を意識しているせいかと思った。彼自身がまず全文を暗記し、美咲にはそれを暗唱させる。リーダーを閉じて「さあ始めから言ってごらん」と促すと、美咲は彼の顔を見ながら、ときには目をつむってゆっくりゆっくりと辿っていく。目を閉じた彼女の整った顔を、まぶしいものでも見るように見つめた。つまると、首を傾け困ったように助けを求める。彼は笑って、その一節をゆっくり口にした。よく分からない化学の問題に出会ったことがある。彼にも十分理解できない点があったので、解法そのものを美咲に暗記させようとした。彼女が納得するはずはない。彼は自分自身に「どうしてこれが分からないのだ」と言うと、美咲は困って泣き出した。彼女の涙を見たのはその時が初めてである。その日、寮に帰ってもいつまでも寝付けなかった。

その頃の日記に神、芸術、愛、死という単語が頻繁にあらわれる。しかし〝美咲〟という字は神聖なものに見え、なかなか書くことができない。そんな彼にお構いなく、美咲はどんどん成長してゆく。高校の入学祝いに贈ったマーガレット・ミッチェルの「風と共に去りぬ」を読んでから、美咲は小説に熱中しだした。本立てに、彼がまだ知らない本の並ぶことがある。彼は自分の読書量が足りないことを痛感し、手当たり次第に文庫本を読んだ。彼が大学3年の秋、リバイバル映画「風と共に去りぬ」が名古屋にもやってきた。美咲にも是非見せたかったので、両親の許しを得て初めて一緒に映画館へゆくことになった。日曜日の朝、恩田家に向かう足は力が抜けたように動かない。恋で胸が痛むとはこのことだと思った。有名な映画だけに館内は満席で立ち見客も多い。9月も終わりに近づいているのに、蒸し暑い。美咲の後ろに立って、ノートで一心に風を送った。手を休めると、彼女の髪の匂いが彼の鼻をくすぐる。周りの人から美咲を守るように、また風を送り続けた。ワイドスクリーンで極彩色、油絵のような画面は、彼女を一度も振り向かせない。第1部が終わったとき、美咲は初めて上気した顔を見せた。彼はこの顔が一番美しいと思った。10年後に美咲とまたこの映画を見ることができたら、そのとき死んでもいいとまで思った。

美咲との結婚の可能性について真剣に考えはじめた。案外簡単そうにも思えるが、かなわない夢のような気もする。彼には美咲の心がサッパリ読めなかったからである。10代の女の子の心理などを解説した本を読んだが、貧弱な知識と経験では彼女の心の中を推し量ることは難しい。戸惑うほど積極的な振りを見せるときもある。でもそれは自分のエゴイスティックな解釈に過ぎないと思ったりした。高校時代から彼は、いつか自分の価値を見出してくれる女性が現れるに違いないと信じていた。もしその人を逃がしたら、独身で過ごそうとまで思っていた。美咲がその人かも知れない。愛の告白を聞くまでは「君を愛している」と言うまい。彼女が自分の価値を認めてくれなくても仕方ない。でも哀願するようなみっともない真似だけはしたくない。むしろ潔く死のう。キリストは自殺を禁じたが、失恋の場合だけは許してくれそうな気がする。一方、美咲を思うままの女に教育し、彼女が気づかぬうちに自分を愛するように仕向けるという卑劣な考えも浮かんだりする。それには大変な時間と超人的な忍耐が必要になる。彼は古典、現代物を問わずかなりの恋愛小説を読んだが、そのほとんどは失恋で終わっている。主人公がよく生き残っているものだと憤慨した。大学4年になると、ある若手助教授の研究室へ入ることができた。一度、助教授の家を訪ね、人生や恋愛について質問したことがある。助教授は「失恋したら、2倍の人間になれ、また失恋したら4倍の人間になれ」と説いた。失恋が嫌な彼は、2倍になれなくてもよいと早々に退散した。

大学入試を意識しはじめてから、美咲は勉強をするようになる。しかし美咲の態度は日増しに冷たくなり、彼なんか眼中にない素振りを見せた。心は乱れた。勉強をしだしたのは、彼の教育の効果だと解釈し、無関心を装い彼女を見守った。しかし寮に戻れば、どうしても彼女の本心を知りたいと焦った。そろそろ就職先を決めなくてはいけない。頃あいをみて、美咲にそれとなくたずねた。「サキちゃん、君は将来住むとしたら関東と関西とどちらが良い。それとも地元の名古屋か?」。彼女は煩《うるさ》そうに「関東」と言っただけで、現代文の教科書をパタンと閉じ、顔をしかめた。彼は関東地方の会社を選ぼうかとまで考えた。できればいつでも美咲に会える名古屋に就職したかった。しかし地元には格好の会社がない。「よしそれなら関西にしよう。そして美咲を振り向かせよう」と意地を張った。その年の6月、就職先が神戸の電子機器メーカー

映画「風と共に去りぬ」より

に決まった。有名な音楽家の伝記も読んだ。その中にブラームスがある。ブラームスは大先輩シューマンの死後、未亡人のクララに思いを寄せた。しかし先輩への尊敬の念との板挟みになり、一生独身を通した。彼はブラームスの交響曲第1番が大好きだった。第4楽章に入るといつも涙を流した。弦楽6重奏曲第1番はクララに献げられた。昭和34年に上映されたルイ・マル監督、ジャンヌ・モロー主演のフランス映画「恋人たち」のベッドシーンには、この曲の第2楽章が流され、見る人の官能を揺さぶった。ブラームスの音楽は、自身の苦悩を純化し結晶にしている。クララが死ぬと、まるで自分の支えを失ったかのように、肝臓癌でこの世を去った。

大学の卒業式に母が出席してくれた。今までこんなに嬉しそうな母を見たことがない。その時ばかりは「オレには母がいたのだ」と再認識した。美咲との別れの日がやって来た。「この4年間はとても楽しかった。今日でお別れだが、サキちゃんが大人になるまで僕は待っているよ」と心の有りったけを告白した。彼女は黙って俯いていた。

就職した会社の仕事は面白く、美咲にはそれを手紙で知らせた。ワザと面白く、ときにはふざけてラブレターにならぬよう注意した。1週間もすると寮の郵便受けが気になる。彼が待ちくたびれたころ返事が来たが、内容はいつも家族の話ばかり、自身についてはほとんど触れていない。次の便りには、美咲の心を知るべく2~3ヶ所に何気なく質問を紛れ込ませた。彼の策略を見通すかのように、その部分だけするりと避けた返事がきた。「どうやらサキちゃんは、オレの手に負えぬほど成長したらしい」。願うことでもあるが、怖くもあった。彼の便りに返事のない日が続いた。あの年頃なら、彼の心のうちは分かっているはずだ。でも受験勉強で忙しいからだと無理やり納得した。

1年が過ぎ、美咲も高校を卒業、希望の大学へ進学した。毎週のように手紙を書いたが、月に一度返事がくればそれで我慢した。彼女を意識し始めたころ始めたタバコの量が、ここにきて急激にふえた。食欲がだんだん落ちてきたが、がむしゃらに仕事をした。もしその時の彼から仕事を取り上げたら、世の中に絶望していたかも知れない。遅くまで残業し、日曜日も出勤した。労働組合の関係者に見つからないよう、いったんタイムカードを押してから仕事を続け、徹夜したことを誰にも気づかれぬように、翌朝の出勤時にタイムカードを押すという無茶をしたこともある。

2年が経った。彼がくたびれて寮に帰り、郵便受けで見つけたのは半年ぶりの美咲からの手紙である。胸を躍らせ封を切った。

「大変長らくご無沙汰いたしております。その後もお変わりないことと思います。今まで私は仮面を被っていました。心の弱い人間は、仮面を着けなければ生きていけないからです。あなたが私を愛していらっしゃることはずっと前から分かっていました。しかし私にはそれをお受けするだけの勇気がありません。春の日差しは、若葉に限りないエネルギーを与えますが、真夏のギラギラした太陽は、私のような弱い植物を枯らしてしまうのです。あなたが私を求めていらっしゃるのは百も承知ですが、私は穏やかな光にしか耐えられません。

あなたのように強い方は、私を殺しておしまいになる。何年も前に、サボテンは灼熱の太陽の下でも、零下になる砂漠でも生きぬき、見事な花を咲かせると教えて下さいました。あなたに相応しいのはそんな強い女性です。あなたは長い時間をかけて、私にはどんな男の人が相応しいか教えて下さいました。最近、春の日差しのような男性とお会いしました。ごめんなさい。どうか私のことを忘れて下さい。そして私なんかよりもっともっと強い女の人と一緒になって下さい。今まで本当にありがとうございました。　昭和40年9月5日　みさき」

読み終えた彼は、あまりにも皮肉な運命に泣き笑いした。〝強い人間だって？〟〝灼熱の太陽だって？〟〝全て終わりだ。これまでの7年間はいったい何だったのだ〟

夜空を眺めると、上弦を過ぎた月が輝いている。もうすぐ満月だ。今夜は風呂に入り、久しぶりにぐっすり寝よう。明朝、会社に電話して休みを取ろう。そしてよく考えてみよう。

水を求め、彼は砂漠をさ迷っていた。オアシスが現れたが、それは蜃気楼だった。現れるたび今度こそ本物だと走った。しかしオアシスは遠くへ遠くへと逃げてゆく。容赦なく太陽は照りつける。体からもう汗も出ない。塩が皮膚にへばりついたまま、何時間もさ迷った。ついに力尽き彼は倒れ込んだ。「サキちゃん、オレを捨てないでくれ。サキちゃんオレは死にたくない」と呻いた。

懐かしい父の声がする。「眠るな茂樹！　お前はそんな弱い男だったのか。そんな卑怯者だったのか。そんな愚か者だったのか。起きろ茂樹！　お前が本当に美咲を愛しているのなら、空回りするな。お前は動物にも劣る大馬鹿者だ。どんな動物でも、オスはメスを獲得するために命をかけて争うものだ。自ら死を選ぶ愚かな動物はいない。茂樹、起きろ、起きろ」

彼は睡魔と戦っていた。まるで恋敵に挑むように。頬を叩いていたのは父ではなかった。船員姿の男が微笑んでいた。金筋に赤いストライプの肩章を着けている。横を向くと、丸窓が見える。床からは規則的なエンジン音が響いている。彼は船室のベッドに横たわっていたのである。

「良かった。良かった。君が『サキちゃん、サキちゃん』と呟き始めたとき、もう大丈夫だと思いました。白浜沖でヨットがこの船にぶつからなかったら、君は本当にあの世ゆきだった。ディンギーは船に乗せました。まだ死にたいかね」。茂樹は首を横に振った。彼の脈と血圧を測った後、肩章の主は「この船は門司を出て横須賀に向かう予定だったが、台風の進路が変わったので名古屋港へ避難する」と告げた。

何度警笛を鳴らしても向きを変えず、前を突っ切ろうとする小型ヨットを、船長が見つけた。面舵一杯、停船寸前まで速度をおとしたが、ヨットは20度ぐらいで左舷にぶつかった。が、幸い横転はしなかった。昏睡状態の彼が発見され、船床から水筒と小瓶、それに2〜3錠の催眠剤が見つかった。直ちに船医が胃の洗浄をおこない、一命を取り留めてくれたのである。彼は目を擦って腕時計を見た。朝の5時だ。すると今日は9月9日、まだ手紙は届いていない。船が着いたら飛んでゆき、有無を言わさず美咲を抱きしめよう。そして弱い自分をさらけ出そう。

源さんに謝るのは後でいい。

＊　＊

娘が生まれた時、妻と一緒に名前を考えた。いろいろ案が出たが、妻が最後に「あなたが決めたら」と言った。娘の名前がここに登場するヒロインと同じであることを妻は知らない。いまは天国で大笑いし、許してくれていると思う。

２０２３・１・９　記

身体髪膚

初めて手術台にのぼったのは、高校1年の時である。青洟《あおばな》が止まらず頭痛がするので、近所の耳鼻科に診て貰った。蓄膿症と診断され専門病院での手術を勧められた。前年に父が亡くなったばかりである。手術と聞いて、本人より母と祖母の方がうろたえた。母は家計を支えるため、岐阜市の紙問屋の事務員となり、朝早くから晩遅くまで働いていた。

岐阜市の「高牟礼《たかむれ》医院」で手術を受けた。当時は歯茎を切開して上顎の骨を取り除き、副鼻腔に手術を施すという大がかりなものである。上顎の骨を砕くノミの槌音が恐ろしい。局部麻酔をしたはずだが、痛くてたまらない。術後1週間で顔が腫れてきた。レントゲン撮影で調べると、骨の欠片《かけら》がまだ残っているらしい。麻酔なしの再手術となり、飛び上がるほど痛かった。今度は成功したのだろう。顔の腫れも引き、やがて退院の日を迎えた。

全快祝いに母は「鰻を食べよう」と、柳ヶ瀬通の脇道に構える店に入った。中には鰻を焼く煙が立ち込めている。彼女は「うな丼」を一人前だけ注文し、「お腹が空いていないから」と、私が食べるのを嬉しそうに眺めていた。このときの「うな丼」が旨かったこと、今でも忘れることができない。

2週間ぶりに高校へ戻ると、担任の河村武彦《こうむら》先生が『孝教』の「身体髪膚《しんたいはっぷ》之を父母に受く、敢《あ》えて毀傷せざるは孝の始めなり」を引用し、「勉強よりまず体を鍛えよ」と半ば強制的に私をラクビー部へ入れた。数学を教える先生は、ラクビー部の顧問でもあった。部員は私を入れても15名しかいない。高校の西隣は、糸貫《いとぬき》川（当時涸れ川）の河川敷、旧競馬場である。週に何回あったかは忘れたが、練習日にはこの河川敷をヘトヘトになるまで走らされた。新しいジャージーやハーフパンツなど買う金もない。卒業生の残した練習着を洗濯もせずに使ったので、例の皮膚病に悩まされ、これには往生した。他校との試合に引っ張り出されたことがある。私は訳も分からずに走らされ、マクワウリのお化けみたいなボールに触れることさえ叶わなかった。我がラクビー部は完敗した。それやこれやで、半年で退部届を出し、皮膚病からも放免された。

以来、「うな丼」や「うな重」をどれほど食べたことか。妻はスーパーで「蒲焼き」を買い、電子レンジで温めご飯に乗せて即席の「うな丼」をよくつくってくれた。「蒲焼き」は、もちろん中国で調理済みの冷凍ものである。ファミリーレストランで、ときには「うな重」を注文したこともある。東京に本店をもつ有名チェーンの「うな重」も食べたが、関東風、関西風のどちらもあまり好きでない。やはり秘伝のタレ、炭火で焦げた皮、プリプリの中身という田舎の

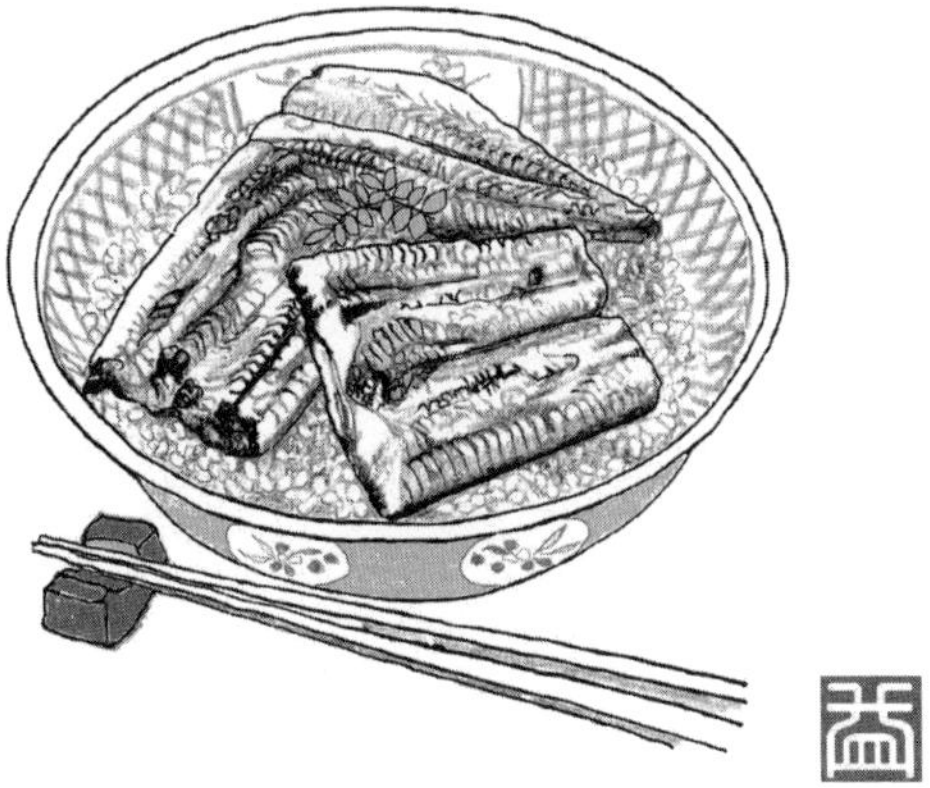

隣町『わかのや』の「うな重」の方が旨いと思う。今年の正月、従弟の福田《ふくた》直行さんにこの話をすると「関市は鰻の激戦区だが、騙されたと思って一度『しげ吉《よし》』の鰻を食べてみろ」と教えてくれた。食通の彼が言うことだから、極上の味に違いない。ニホンウナギは、近い将来野生では絶滅すると思われる「絶滅危惧1B種」に指定されたそうだ。パンダと同じランクである。血圧が一段と高くなった私には、何時鰻の摂取にドクターストップがかかるかも知れない。その前に『しげ吉』の鰻を味わってみたいと考えている。

　鰻を食べるたびに思い出すのは、煙が立ち込める店で見た母の笑顔と河村先生が説いた「身体髪膚」である。

２０２３・４・10　記

おわりに

憂きことを海月《くらげ》に語る海鼠《なまこ》かな　黒柳召波

武漢ウィルスに脅され逃げ回った3年だった。この間にウクライナ戦争が始まり、安倍元首相が暴漢に銃撃されて亡くなった。海底で蹲《うずくま》りこの世を嘆いていた海鼠は「何かいいことはないか」と海月に聞いてみたが、「他のことを心配せず、自分の身を案じなさい」とゆらゆらと去っていった。

気楽な海月にもなれず、海鼠ほど憂鬱でもなかった私は、資料を傍らに駄文を綴る「かわうそ」のままだった。2年前に文藝春秋から出してもらったエッセイ集を読んだ孫たちが「お爺ちゃんの本は面白い」と煽ててくれた。孫が愛読者なら、もう一冊書いてみようかと元気が出る。長短のなぐり書きや、翻訳を試みたが、お蔵入りにしたアルフレッド・ウェゲナーの伝記、現役時代の旅日記、田舎の土間で見つけた若いころの習作などを集めたらかなりの分量になった。

3年ぶりに再会した私の物理の先生、井坂秀樹さんに草稿を読んでもらい、色々貴重なコメントを頂いた。前回と同様、現役時代の仕事仲間の鈴木雅久さんや、愚息たちから忌憚のない意見も貰った。

意を決し株式会社文藝春秋のベテラン編集者である和賀正樹さんにこれらの原稿をお送りしたところ、ポンと背中を押し、またもや推敲のポイントを伝授して頂いた。お蔭で2冊目のエッセイ集を刊行できることになった。お世話になった方々に深謝したい。

2023　麦秋至

福田益美

著者略歴

福田 益美（ふくた ますみ）

1940 年生まれ
E-mail：yfd52072@nifty.com

1963 年　名古屋工業大学　電気工学科卒
同年　　神戸工業株式会社入社
1968 年　会社合併により富士通株式会社所属
1977 年　工学博士（名古屋大学）
1989 年　富士通株式会社　化合物半導体事業部長
1996 年　富士通株式会社　常務理事
1997 年　富士通カンタムデバイス株式会社　代表取締役社長
2004 年　ユーディナ・デバイス株式会社　代表取締役会長
2007 年　退任

その他
電子情報通信学会フェロー
名古屋工業大学　極微構造デバイス研究センター外部評議委員
IEEE International Electron Device Meeting 論文査読委員
Guest Editor of IEEE Transaction on Semiconductor Manufacturing
2014 ～ 17 年　岐阜高専、愛知工業大学などでボランティア授業を担当

受賞・表彰歴：
1975 年 科学技術庁第一回研究功績者表彰
1987 年 発明協会特許庁長官賞
1988 年 発明協会経団連会長賞
同年　 米国 IEEE MTT 学会より Microwave Application Award 受賞
2013 年 応用物理学会　Solid State Devices and Materials Award 受賞

主な著書
『GaAs 電界効果トランジスタの基礎』（電子情報通信学会）1992 年
『化合物半導体デバイスの魅力』（工業調査会）2003 年
『電磁波を拓いた人たち』（アドスリー：丸善発売）2008 年
『かわうそエンジニアの鶴川日記』（文藝春秋企画出版部）2021 年

かわうそエンジニアの落《お》とし噺《ばなし》

二〇二三年一二月二五日　初版第一刷発行

著者　福《ふく》田《た》益《ます》美《み》
発行　株式会社文藝春秋企画出版部
発売　株式会社文藝春秋
〒一〇二―八〇〇八
東京都千代田区紀尾井町三―二三
電話〇三―三二八八―六九三五（直通）

挿画　福田益美
装丁　箕浦卓
本文デザイン　落合雅之
印刷・製本　株式会社フクイン

ISBN978-4-16-009056-9